5分鐘後的意外結局

—藍色推理—

Gakken／編著
陳識中／譯

目錄

contents

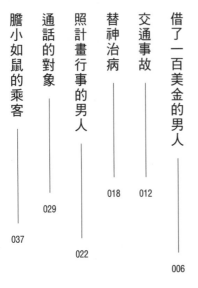

本書除了原創作品外，
還收錄了由日本和世界各地的小故事、
都市傳說、名作小說、古典落語等改編而來的故事。
另外，名作小說的部分，並非忠實地翻譯自原典，
而是對內容做了些許潤色，以使讀者可在短時間內讀完。

借了一百美金的男人

這間銀行，每天都有各式各樣的客人造訪。

銀行不只是提供客人存放現金的地方，說到它的本業其實是借錢給客人。把錢借給有需求的人，並在客人償清借款前收取相應的「利息」好從中獲利，就是銀行的基本營利模式。

所以，每天都會有許多抱著不同煩惱的人，來到銀行借錢。

「……不能通融一下嗎？」

「不好意思，但先生您沒有保證人，也沒有可作為擔保的抵押品……。站在銀行的立場，實在不能就這樣把錢借給您……」

「我不是說過我有東西可以抵押嗎？這可是我父親留下的遺物啊！」

「我明白這物件對您而言是很重要的，但這個手錶……雖然很難以啟齒……」

「什麼意思啊？」

「不瞞您說，這支錶作為抵押品的價值並不高。」

「哼……夠了，我再找別家銀行就是！」

男人粗暴地推開椅子，氣沖沖地踩著沉重的腳步離開銀行。

目送男子的背影離去後，這間銀行的分行長，躲在櫃臺內側喘了口氣。

對於靠貸款利息賺錢的銀行，要是被顧客倒債的話，是經營不下去的。所以為了保險起見，銀行都會要求擔保品。雖然很嚴苛，但要銀行貸款給顧客時，為了避免虧損，一定得嚴格審查貸款對象的擔保品價值。不可能隨便借錢給阿貓阿狗。

然後，就在分行長準備離開櫃臺、回去工作時，一名男人走進了銀行。分行長瞄了那男人一眼，內心不禁訝異地「啊？」了一聲。會前來銀行的，大多都是需要錢的人，換句話說，就是手頭拮据的人。然而，那個男人的裝扮，卻跟方才的男人大不相同。他穿著一身一看就是名牌的西裝，梳著整齊的頭髮，穿著黑亮的高級皮鞋。看起來一點也不像缺錢花用的樣子。

「歡迎光臨，請問您今天蒞臨本行有何貴事呢……？」

分行長詢問後，那位紳士回答：

「我想跟你們貸款一百美金。」

「不好意思，就算您突然說要借一百萬美金，但這麼大的金額……」

「不，不是一百萬，是一百塊。一、百、塊。」

「一百塊美金……是嗎？」

分行長露出一臉的困惑。一百塊美金，差不多是自己就讀高中的兒子打工一天就能賺到的金額。眼前的這位紳士，怎麼看都不像是會為了這麼點錢而煩惱的人。「區區一百塊美金，您的皮夾裡應該就有好幾張吧？」分行長忍住即將說出口的話，反過來詢問紳士：

「不好意思請原諒我再次確認，您是說您要融資一百塊美金？」

「對，一百美金。」

分行長開始起了疑心。該不會，這男人只是外表光鮮亮麗，其實是想利用小額貸款詐騙的詐欺犯。不可以因為他穿得人模人樣就被騙了。就算是一百美金，也不可以隨隨便便就借出去。

「雖然一百美金屬於極小額的融資，但先生您並非分本行的客戶，因此需要擔保品或保證人才能貸款，還請您見諒。」

聽完，紳士摸摸下巴，抬頭看了看天花板，思考了幾秒後，告訴分行長：

「我明白了。那用我的勞斯萊斯當抵押可以嗎？」

「勞斯萊斯！……是嗎？」

原本以為他會說自己沒有抵押品，或是拿自己便宜的手錶或戒指之類來抵押的分行長，不禁大吃一驚。

「是的，現在就停在下面的停車場，一起去看看吧。」

分行長半信半疑地跟著這位紳士前往停車場，居然真的有台最新型的勞斯萊斯停在那裡。車體上蠟，耀眼得幾乎令人睜不開眼睛。分行長錯愕地告訴紳士：

「那個……先生，如果是這輛車的話，至少可以融資三十萬美金。」

「不，一百美金就可以了。」

紳士說完，填寫了貸款申請表，用口袋裡的車鑰匙在櫃臺換了一百美金後，便走出銀行。

「沒想到世上還有這麼奇妙的事……只借了區區一百美金，到底是要做什麼呢？」

分行長一邊納悶地歪著頭，一邊把勞斯萊斯移動到ＶＩＰ專用的車庫裡，嚴密地看管。雖說只貸了一百美金，但這實際上可是價值五十萬美金以上的高級車，可不能讓它受到半點損傷。顧客寄放在銀行的抵押品，都必須妥善保管。這也是銀行的責任。

然後過了六個禮拜。那位紳士再次回到銀行。

「歡迎歡迎……。您的車我們保管得很好。」

「是嗎，謝謝。」

紳士把抵押勞斯萊斯借來的一百美金，以及六個禮拜的利息三塊美金交給櫃臺，領回了車鑰匙後，在離去前開心地告訴分行長：

「新喀里多尼亞很好玩喔。」

「什麼？」

「沒想到只花三塊美金就能停六個禮拜的車……你知道嗎，如果把車停在機場的停車場，一天就要收十塊美金的停車費呢。要是停六個禮拜，你知道停車費會有多高嗎？而且那邊的停車場還是露天的。相反地，你們銀行的停車場不僅在地下室，而且管理也是百分之百安全！下次還有需要的話，我會再來光顧的。」

說完，男人對分行長揮了揮手，搖起駕駛座的窗戶，揚長而去。

銀行裡，還真是有各種客人。

原著：西洋小品故事　改編：小林良介

交通事故

一想起那天的事，湯姆便謹慎地握緊方向盤。

那天，湯姆為了工作上的應酬，喝了一小杯酒，然後獨自開車回家。雖然他的判斷力沒有因為那一小杯酒而變得遲鈍，卻在路口迎頭撞上另一輛車，發生了交通事故。

儘管沒有任何人傷亡，但事後卻被警察查到自己當天是酒後駕車。因為那件事，湯姆被吊銷了駕照很長一段時間，無法開車。而且，因為是違法駕車引發的事故，所以也領不到保險金支付對方車輛的維修費，因而損失了一大筆錢。真的是只要一喝酒就沒有好事。

那天以來，除非遇到非常值得慶祝的事，否則湯姆滴酒不沾。

然而，不管湯姆喝不喝酒，不論開車時多麼小心，有時候還是會遇上無從閃避的事故。湯姆開的車，又被一輛車正面撞上了。之所以說「被撞上」，是因為湯姆認為這次車禍的責任在對方身上。

事情發生在一條少有車輛通過的山路上。在一個急彎道，對方的車大幅跨越了車道分隔線。湯姆避無可避，兩輛車正面撞在一起。雙方的車都嚴重損壞，但奇蹟似地兩位駕駛都平安無事。事故發生在少有車輛通過的道路上，萬一受重傷動彈不得的話，說不定會來不及等到救護車到來。

話說回來，對方的開車技術也太差了。開車的人到底是誰啊？湯姆的引擎蓋冒出陣陣白煙。只見對方先打開了車門。走出駕駛座的，是個年輕貌美的女性。那位女性似乎一點也不在意自己的車子，只急急忙忙朝湯姆的方向跑過來。雖然湯姆沒有受什麼傷，但她還是跑過來幫助被困在車上的湯姆，用溫柔的動人聲音問道：

「你沒事吧？有沒有受傷？」

漂亮的女性讓湯姆驚為天人，同時也對她不顧自己先關心別人的態度感到驚訝。這年頭，大多數女性，不、男性也一樣，遇到交通事故時通常都會無視自己的過失，只顧著向對方咆哮「你眼睛長到哪裡去了啊！」然而，這個人卻不同。果然，美麗的女人，連內心也是美麗的。於是湯姆立刻裝出帥氣的聲音回答：

「謝謝妳，我沒事。妳有沒有受傷？」

「嗯，我也沒事。遇到這麼嚴重的車禍，我們居然都沒有受傷，只能用奇蹟來形容了。」

那女性溫柔微笑的模樣，愈發迷人了。然後兩人互相問了對方的名字。女性名叫伊莉莎白，並告訴湯姆「叫我莉茲就可以了」。

「我是……湯姆。這場車禍，對彼此都有驚無險呢。」

「說到彼此，我應該向你道歉才對。都是我開車不小心造成的。」

「不，我們彼此都有責任。我一定也有恍神，才會撞上妳。」

伊莉莎白謙虛的態度，在湯姆心中留下了好印象。

「嗯，請問我可以打電話給我的朋友嗎？其實我正要去我朋友家玩。但車子變成這樣，應該是去不了了，得通知一下才行……」

伊莉莎白稍微遠離湯姆，然後拿出手機打起電話。雖然聽不到她在說什麼，但從她的模樣看來，似乎很冷靜的樣子。這種時候還能不慌不亂，真是穩重的女性啊。

然後，正當湯姆出神地看著伊莉莎白的側臉時，兩人的目光突然不期而遇。她一臉尷尬，在羞澀中微笑的表情，真是愈看愈美麗。

跟伊莉莎白一樣，湯姆也冷靜面對這次的意外。因為他希望跟伊莉莎白在自己心中留下「好女人」的印象一樣，自己在伊莉莎白心中也能留下「好紳士」的印象。但自己的外表雖然看起來冷靜，內心其實正小鹿亂撞。湯姆聽說處於興奮狀態的男女特別容易墜入情網。沒記錯的話，好像是叫「吊橋效應」。

這該不會是頑皮的上帝送給自己的禮物吧……。湯姆的心臟高昂地鼓動。

「話說回來，妳美麗的臉龐沒有受傷，真是太好了。」

湯姆看著伊莉莎白的眼睛，對她說道。

「哪有，怎麼說我美麗呢……」

她害羞微笑的模樣，簡直就像天使一樣。不會錯的。伊莉莎白肯定也對自己一見鍾情了。就像自己被伊莉莎白所深深吸引一樣……。

「明明遇到這種事，我的心臟卻跳個不停呢。」

「正常的。其實我好像也覺得有些興奮。」

「對了，我有個好東西喔。」
說著，伊莉莎白從放在自己副駕駛座上的紙袋中，拿出一瓶紅酒。
「啊啊，太好了，沒有摔破。我本來打算把它送給我朋友的。」
伊莉莎白小心翼翼地抱著那瓶紅酒，然後對湯姆說：
「與其用來鎮定……我看，要不要乾一杯，當作慶祝我們的邂逅呢？」
夕陽餘暉下，天色逐漸黯淡。然而，伊莉莎白剛才那幾乎等於告白的話，以及她臉上的紅暈，湯姆仍看得一清二楚。
「不過沒有杯子，所以只能直接就口喝了，你不介意吧？」
聽到伊莉莎白的提議，湯姆爽快答應。
「這裡不是高級餐廳，是鄉村的山路。那樣反而更符合氣氛呢。」
於是湯姆從伊莉莎白手中接過酒瓶，一口氣乾掉半瓶酒。紫紅色的濃烈液體流過喉嚨，讓湯姆的心跳稍微加快了些。畢竟要說出接下來的愛的話語，還是需要一點酒精壯膽。不過，臉上的火熱感，並不單純只是酒精作怪。而是因為眼前的伊莉莎白。然後湯姆把酒瓶遞給伊莉莎白。

「來，莉茲，妳也……」

但接過湯姆遞給她的酒瓶後，伊莉莎白卻倏地把酒往地上倒光。難道是湯姆做了什麼令她不開心的事嗎？又或者，是她對間接接吻的行為有些抗拒呢……。但伊莉莎白卻無視內心不安的湯姆，瞄了一眼手錶，然後笑著告訴他：

「做完筆錄後，我會回家慢慢享用的。」

就在這時候，遠方傳來了警車的鳴笛聲。警方大概是接到了車禍的通報，前來處理的吧。而我必須向警員說明情況。用滿是酒味的這張嘴巴……。

兩台車發生車禍。一名駕駛完全清醒，另一人則滿嘴酒氣……。這個事實究竟意味著什麼，過去曾經出過車禍的湯姆比任何人都清楚。

原著：西洋小品故事　改編：小林良介

替神治病

很久很久以前，在某個國家的小村莊裡，住著一個名叫莫雷爾的醫生。

年老的莫雷爾臉上長滿皺紋，留著一嘴濃密的白鬍子，看起來就像妖精界的長老。儘管生著一張不好看的臉，不過村子裡的人都稱讚他是「村子最重要的寶物」。這是因為，雖然外表其貌不揚，但他的內心卻跟寶石一樣美麗。

例如有一次，有戶人家的媳婦在半夜要生小孩，前去找莫雷爾接生，本以為在大半夜被吵醒，莫雷爾會很生氣，但他卻二話不說就奔往那位產婦的家，而且看到小孩出生後，笑得比任何人都開心。

還有，即使病人因為貧窮付不出醫療費，莫雷爾也不會生氣。不僅如此，在喝了那位病人的女兒煮給他的清湯後，還告訴她「這碗湯有一枚金幣的價值」，說完，還打從心底開心地笑了出來。

正因為莫雷爾是個那樣的人，所以村子裡不論大人小孩，大家都很喜歡他。當然，除了那些還沒懂事的幼童以外。譬如住在村外的六歲的娜塔莎，就曾經被莫雷爾的長相嚇得哭出來。因為在這個國家有個傳說，「壞孩子會被妖精抓走」，而娜塔莎似乎誤會了莫雷爾就是來抓自己的妖精。不過，如今只要一看到莫雷爾的白鬍子，娜塔莎便會立刻跑上前去擁抱他。因為莫雷爾總會帶又甜又好吃，使人臉頰都要化掉的糖果送給娜塔莎，更重要的是，他是救過娜塔莎朋友性命的大恩人。

在娜塔莎的家裡，有條名叫科林的小狗。科林跟娜塔莎同年出生，打從一開始就一起長大的。娜塔莎總是會把自己的點心分一半給牠，而在娜塔莎被母親責罵時，科林也總會待在旁邊安慰娜塔莎，直到她不再哭泣。雖然娜塔莎也有人類的朋友，但在她心目中，沒有人比科林更加重要。

娜塔莎一直相信，科林會永遠陪著自己。然而就在某天，悲劇突然降臨。科林追著娜塔莎丟出的球時，不小心衝到大路上，被馬車輾了過去。土黃色的路面被鮮血染紅的樣子，令娜塔莎不敢相信這是現實。她以為自己一定是在作夢，用力捏了好幾次臉頰。可是，臉頰卻痛得不得了，大人們全都告訴她「科林可能再也跑不動了」。但就在這時候，只有莫雷爾摸了摸娜塔莎的頭，安慰她「科林只是暫時不能跑跳而已」。

莫雷爾把科林帶回去治療，這是娜塔莎第一次跟科林分開生活。然後在意外發生一個月後，科林回到了娜塔莎身邊。而且就跟莫雷爾說過的一樣，科林就跟以前一樣充滿活力地跑跑跳跳，興奮地甩著尾巴。娜塔莎原本就很喜歡莫雷爾，而在看到科林康復回來後，又變得更喜歡他了。

莫雷爾也很疼愛娜塔莎和科林，每次去替人看病的路上遇到他們，總是會特地停下馬車。娜塔莎跟科林還有村子裡的人，大家都很喜歡莫雷爾，只要看到他，大家總是會露出笑容。

然而，就在某一天，太陽明明刺眼地高掛在天空，村裡卻瀰漫著陰鬱的氣氛。村民們的臉上全都帶著陰暗的神情、穿著黑色的衣服，在路上相遇時，都用一副世界末日般的表情互相哀悼。因為大家最喜歡的莫雷爾突然心臟病發，離開了這個世界。

儘管莫雷爾將無數人從死亡的邊緣救回，村子裡卻沒有人救得了他。今天是莫雷爾入土的日子，以後再也看不到他的笑容了。一想到這裡，大家都情不自禁地淚流滿面。

這天，娜塔莎也在母親的幫忙下，換上了黑色的衣服。母親哭喪著臉，在科林的脖子綁上黑色的緞帶，之後深深嘆了口氣。然而，在瀰漫著悲傷的村子裡，只有娜塔莎一個人笑著。她一臉開心，跳著小碎步，跟科林一起在院子裡你追我跑。

「都這種時候了，妳怎麼還這麼開心？別鬧了。」

難道娜塔莎的心裡，有什麼不可告人的黑暗嗎？母親不禁感到擔心。不論是怎樣的惡人，都不可能不對莫雷爾的離去感到悲傷。然而，娜塔莎卻……。

但另一方面，娜塔莎卻也無法理解為什麼母親要那麼說。

「為什麼不可以笑呢？現在，上帝一定也笑得很開心啊。」

「上帝？為什麼上帝會很開心呢？」

母親不明白娜塔莎的意思，困惑地眨了眨眼。只見娜塔莎握緊母親的手，發自內心開心地回答：

「因為啊，我昨天聽大家說，莫雷爾先生到天堂去了。一定是因為上帝生病了，所以才叫莫雷爾先生去幫祂治病。有莫雷爾先生看病，上帝一定很開心呀。」

原著：西洋小品故事　改編：麻希一樹

照計畫行事的男人

某天，一個女人來到男人經營的事務所。女人的年紀大約四十五歲上下。儘管用墨鏡藏著臉，但一看就知道是富裕人家的貴婦。畢竟，那副墨鏡和她身上穿的衣服都是名牌，而且左手無名指上還戴著鑽戒，脖子上更掛了好幾條金項鍊。

那個女人，一看就是心事重重。因為，男人經營的是殺手事務所。當然，事務所的外面並沒有招牌。這個女人，是自己以前的客戶介紹過來的。

女人剛踏入事務所的瞬間，殺手多年磨練出來的直覺便告訴他，這女人的目標是她的丈夫。會令這種年紀的女人恨到想殺死的對象，幾乎百分之百都是自己的丈夫，不然就是丈夫的外遇對象。

在殺手的招呼下就座後，女人一如殺手的預想開口說道：

「我聽說您是一流的殺手。您開多少價格都沒關係，請您殺死我的丈夫。」

殺手無趣地哼了一聲，對女人說：

「畢竟我是殺手，只要有錢的話，要我殺誰都不是問題。不過，殺手也有殺手的要求。既然要奪取一個人的性命，我也想知道那個人被殺的理由。妳為什麼想要殺妳的老公？是為了老公的遺產嗎？」

女人用力搖頭。

「那，是因為妳老公有外遇嗎？」

女人又搖了搖頭。

這時，殺手原本無趣的眼神忽地一亮，興致盎然地看著女人。既然不是為了遺產，也不是因為外遇，那麼這個女人究竟是為了什麼，恨不得殺死自己的丈夫呢？

女人似乎在煩惱該不該告訴殺手真正的動機。只見她緊握放在膝上的雙拳，低頭看著地上，目光左右游移。

殺手靜靜地等待。放在兩人眼前的是兩杯外面冒著水珠的冰咖啡，小水珠沿著杯緣緩緩流到桌上，形成一個小水灘。

然後，就在殺手開始煩惱要不要把變得不冰的咖啡拿去換掉時，女人似乎終於下定決心，正眼看著殺手說道：

「我的丈夫其實並不愛我。他愛的，只有他的『計畫』而已。我想要打亂我丈夫的計畫。所以，請你替我殺了那個人。」

「想打亂計畫？這是怎麼回事？」

聽到完全意料之外的說詞，殺手的眼睛不禁瞪得老大。然後女人一臉疲憊地長長嘆了口氣，用手指推了推快要滑落的墨鏡，開始解釋事情的經過。

「該怎麼說才好呢。我的丈夫是個凡事都按照一定計畫進行的人。例如他每天的行程，早上一定準時六點半起床，七點坐在餐桌上，吃黑麥麵包夾荷包蛋和培根當早餐。然後七點半去晨跑，用整整二十一分鐘跑完剛好三．五公里的行程。接下來，在七點五十七分時去淋浴，八點二十分去上班。他每天都過著分秒不差的生活。」

「還真是一板一眼的人呢。」

本以為那種凡事都一板一眼的人，只在小說或漫畫中才看得到，沒想到竟然真的存在於現實中，殺手不禁略感驚訝。可是，就算是這樣，應該也不至於讓人恨到「想殺死他」吧。女人似乎也察覺了殺手的疑惑，補充了一句「我在與他結婚之前，都不知道他原來是那樣的人」後，又繼續說下去。

「我丈夫的計畫，不只是每天的行程，而是整個人生。譬如，他在自己二十七歲又一個月時跟我結婚，在二十九歲又三個月時讓我生了個女兒，然後在三十四歲半時生了兒子。這一切，全都在他的計畫之內。」

「真是了不得啊。」

「換言之，他並不是真的愛我，而是為了完成自己的計畫才選擇跟我結婚。其實，他喜歡計畫我也管不著。可是，我無法忍受他把我的人生也納入他的計畫！所以終於有一天，厭倦了一切都照計畫進行的我，決定去尋找一點新的刺激……」

女人一副難以啟齒地飄開眼神。領悟那反應的殺手，「哼哼——」地用手摸著下巴追問：

「所以，妳就跟其他男人外遇了嗎？」

「是，沒錯。我想世人都把這種行為稱為外遇吧。總之，有一天，我跟我家孩子的家教氣氛正好，沒有察覺到丈夫回家的時間，竟被我的丈夫撞了個正著。」

「妳老公的反應如何？」

「他完全沒有生氣。」

「哦——，那可真是稀奇呢。」

在這種人生的試煉場，丈夫通常不是對紅杏出牆的妻子及其愛人怒吼，就是直接海扁下去，但那個凡事都按計畫生活的丈夫，似乎連這部分都有些異於常人。

「那，妳老公怎麼了？他有要求與妳離婚嗎？」

女人聽了困惑地聳聳肩。

「離婚的部分，是我主動提出的。可是，他卻回答『離婚什麼的，不在我的計畫之內』。」

「原來如此。所以妳是為了攪亂妳老公的計畫，逃離他的手掌心，才來拜託我殺了他嗎？」

「是的。錢的話你要多少都沒問題。拜託你殺了那個人！」

殺手無法判斷，這女人說的話究竟是真的，又或是為了正當化自己外遇的藉口。不過，無論是真是假都無所謂。殺手抱著胸思考了一會兒，然後用力點點頭。

「我明白了。那麼，最近，我就去取他的性命。」

接受了委託後，殺手首先去觀察對方的行動。決定一件任務是否成功的關鍵，就是縝密的準備和觀察。然而，這次的暗殺任務，準備起來比以前的工作都要簡單、無趣得多。

就跟委託者的描述一樣，對方的生活每天都分秒不差。每天早上六點半起床，七點吃早餐，七點半外出晨跑，七點五十七分進浴室淋浴。

日復一日，觀察了這完全照計畫進行的生活大約一個禮拜。殺手終於下定決心。對方每天早上晨跑時，都會在七點四十二分通過一座人跡罕至的樹林。想要在不被人發現的情況下殺死他，這是最好的時機。

於是殺手帶上長槍管的來福槍，在早上七點提前進入樹林埋伏。來福槍的組裝非常簡單。一切都照計畫進行的對方，每天早上都會一公尺也不差地跑過同一條路，他只需要把槍口對準那個位置就行了。剩下的，就只有等待他通過自己眼前的瞬間扣下扳機，工作就完成了。

距離對方的晨跑時間愈來愈近。殺手把眼睛貼在狙擊鏡上，等待目標的出現。

七點四十分、四十一分——殺手把手指扣上扳機。

然後到了計畫中的四十二分——對方不知為何沒有出現。

之後，又過了五分鐘、十分鐘，一直等到了八點，目標還是不見蹤影。

幹殺手這行最重要的，就是不論遇到什麼情況都能保持冷靜。然而，此刻他卻有種難以言喻的不祥預感，胸口躁動不安。

殺手放下來福槍，重新撩起垂落的前髮。

「到底是怎麼了？這輩子從來不曾偏離計畫的男人，居然只有今天沒有照表行事。難道是生病了？還是出了意外？希望那傢伙平安無事才好……」

原著：西洋小品故事　改編：麻希一樹

通話的對象

在美國的高級住宅區，有個富商男人住在一棟有著大庭園的豪宅裡。他白手起家，花了二十年的時間將自己的公司發展成美國屈指可數的貿易公司。他不僅能跟美國總統面對面談話，甚至在城裡還建有他的紀念銅像，即使是世界上最美麗的珠寶，只要他想要，沒有什麼東西是他得不到的。除了一樣東西例外。

那天，男人從出差的地方打電話回家時，一位女性接了電話。儘管無線電話的另一端傳來些微的機械音干擾，他仍聽得出對方不是自己的妻子。因為如果是妻子的話，聽到他的聲音肯定會馬上露出不耐煩的語氣。

「請問妳是哪位？」

男人問道。於是女人用像捏著鼻子般的撒嬌聲音回答：

「我是在這戶人家工作的女傭。」

「我以前好像沒聽過妳的聲音。」

男人的家裡雖然雇了好幾名女傭，但他從來沒聽過這個女人的聲音。

或許是男人不耐煩的情緒透過聽筒傳到了另一頭。女人聽了先是輕咳一聲，然後彬彬有禮地回答：

「我是今天才被夫人聘用的。所以，不論先生您是哪位，不認識我的聲音也是當然的。」

「什麼？她趁我不在的時候，又換了新的女傭嗎？」

男人輕輕嘖舌，電話的另一頭應該聽不到才對。

他的妻子有點大小姐脾氣，只要稍微不滿意，就會馬上開除不順眼的女傭。上次男人出差的時候，她也只因為某個女傭餵給愛貓的牛奶不是低脂的，就當場開除了她。雖然不知道這次又是為了什麼原因，但男人也懶得追究。

「我了解了。不好意思，能請妳叫我太太來接電話嗎？」

「不好意思，請問您是哪位呢？」

「我是這家的主人。」

「…………」

男人說完，聽筒的另一頭突然陷入沉默。到底是怎麼了？男人皺起眉毛，然後那女傭有些猶豫地回答：

「夫人現在正在寢室休息。」

這個女傭，大概是知道如果惹自己的妻子生氣，馬上就會丟掉工作吧。所以才不想去叫妻子起床。

「我有急事。麻煩妳快把電話拿給她。」

這次，男人刻意用不耐煩的強硬語氣催促道。電話的另一頭又沉默了一會兒，然後女傭用一種責任不在己的語氣，清楚地回答：

「那個，我以為現在跟夫人在一起的男人就是老爺……」

「…………」

這次輪到男人陷入沉默。

「那個、老爺？」

女傭忍不住怯怯地詢問。於是男人輕輕地嘆了一口氣。

男人深愛自己的妻子。但是，妻子是否同樣愛著自己，他一直不確定。不論自己買給她多少東西，如何對她獻殷勤，妻子總是一臉不耐煩的模樣。這個無論想要什麼都能得到的男人，就是得不到自己妻子的愛。

可是，那也已經不重要了。男人的心胸沒有寬大到能繼續愛著背叛他的妻子。不如說，『愛得愈深，恨得愈深』。男人彷彿聽見自己腦中，有某根線斷掉的聲音。

「不好意思，請問妳喜歡錢嗎？」

「什麼？」

「鈔票啊，鈔票。我是在問妳，喜不喜歡印著富蘭克林頭像的那種大鈔。」

「那是當然的。這世上應該沒有討厭錢的人吧？」

「那麼，多少錢可以讓妳滿足呢？」

女人一時之間無法理解男人的問題，稍微沉默了一會兒。不過，最後似乎理解了話中之意。

「老爺您的意思，是要付我報酬嗎？您希望我替您做什麼嗎？」

「嗯，沒錯。我要妳做的事情非常簡單。只要完成這個簡單的任務……我想想，我就給妳一百萬。」

「……請問您希望我做什麼呢？」

確定女人願意配合後，男人微微揚起嘴角。

「首先我要妳打開電話櫃的抽屜。然後我會給妳五萬。」

「只要打開抽屜就好了嗎？」

「對，別問那麼多，照做就是了。」

聽筒另一邊傳來抽屜被打開的聲音。緊接著傳來女人倒吸一口氣的聲音。男人滿意地點點頭，然後繼續下達指示。

「如妳所見，抽屜裡放了一把手槍。只要妳拿起那把槍，我就再給妳十萬。」

「……我拿起來了。」

「很好。接下來，妳拿著電話和手槍移動到寢室的外面。完成後，我會再給妳十五萬。」

女人緊張地吞了一口口水。看來她已經隱約察覺接下來的發展了。然而，即使如此她也沒有停手。大概是覺得躡手躡腳反而會引起懷疑吧，只聽見聽筒裡傳來清晰規律的腳步聲。

「我到寢室外面了。剩下的七十萬，請問我應該做什麼呢？」

女人明知故問。她的聲音聽起來有些顫抖。不過，男人假裝沒有發現女人內心的恐懼，故意若無其事地告訴她：

「現在用妳手裡的槍，瞄準寢室裡那兩個人的頭各開一槍。辦到的話，我就給妳五十萬。」

「……」

聲音中斷了。不過這仍在男人的預料範圍內，所以他並不慌張。

「妳已經沒有回頭的機會了。要是現在停手的話，妳不但拿不到之前的三十萬，還會立刻失去工作。相反地，如果照我說的做，妳就能拿到一百萬，下半輩子便不愁吃穿了。究竟該選哪條路，應該不需要想也知道吧？」

女人沒有回應。取而代之的是，在聽筒的另一頭響起了兩聲槍響。

男人知道一切都結束了。這世上唯一一樣他費盡心思也無法得到的東西——妻子的愛，他已永遠失去得到它的機會。可是，他並不後悔。

「喂喂，老爺？請問……」

聽筒傳來女人的聲音。男人撫著胸口，壓下湧上心頭的千頭萬緒，緩緩開口：

「我知道。妳想問剩下的二十萬，要如何入手對吧？」

「是的。是要處理掉屍體對吧。能請您給我具體的指示嗎？」

走到這一步，女人似乎也豁出去了，直接了當地問道。於是男人一邊想著浮現腦中的家中格局，一邊告訴她：

「我想想。放在冰箱……未免有點太噁心了。藏在閣樓的話，屍體又會腐爛。總之先藏到酒窖去，可以嗎？」

「……請問，這棟宅邸還有酒窖嗎？」

「啊啊。妳今天才開始到這裡工作，不知道也是很正常的，廚房的角落應該有個通往地下室的門。那是一扇紅色的門，應該一眼就能看到。打開門走下樓梯，就能通到酒窖了。」

「什麼？地下室？這裡明明是公寓，還有地下室嗎？我現在已經到廚房了，但沒有看見您描述的那扇門呀……」

「咦？」

然後，兩人的對話中斷了。

壓得令人喘不過氣的沉默充塞在兩人之間。直到幾分鐘過後，男人才終於用顫抖的聲音問道：

「不好意思，請問這裡的電話號碼是123-987×嗎？」

原著：西洋小品故事　改編：麻希一樹

膽小如鼠的乘客

一個戴著頭套的男人，手持來福槍大聲喊道：

「所有人不准動！這架飛機已經被我們劫持了！」

尖叫聲從四處響起。

「聽好了，這架飛機上裝了一顆大型的炸彈。如果政府不答應我們的要求……」

噗滋一聲，電視的畫面消失了。即使知道剛才的都是電影裡的情節，約翰還是沒辦法繼續看下去。他丟掉遙控器，拿起手邊的果汁一口氣喝完。

約翰有搭飛機恐懼症。不，應該說是劫機恐懼症才對。

由於工作的關係，約翰常常需要搭飛機。可是，每次搭上飛機，約翰的腦海裡就會不由自主地想像自己搭乘的飛機被劫持的畫面，嚇得自己雙手發抖、額頭冒汗，頭暈目眩想吐。

儘管他從以前就有這個毛病，但這幾年，他的症狀愈來愈嚴重。坐飛機的時候，只要後面的乘客起來上個洗手間，他就會嚇得馬上回頭，雙腳抖個不停。

再這麼下去，在不遠的將來，他恐怕永遠也無法搭飛機了吧。

然後過了幾天。這一天，約翰也在極度恐懼的狀態下結束了出差，下了飛機，好不容易回到家中。

忘不了白天搭機時的恐怖，在床上輾轉難眠的約翰，於是前往常去的酒吧放鬆。幸運的是，明天開始就是週末假期。今天不管喝多少都沒關係。

來到酒吧後，約翰發現好友吉米也在這裡。於是約翰走到吧檯，在吉米的旁邊坐了下來。

「嗨，約翰，這次出差還順利嗎？」

「嗯，今天剛回來。比起那個，我有件事想跟你商量……」

約翰打算跟好友談談自己的煩惱。

「我每次搭飛機都很怕遇到劫機，心裡害怕得不得了。一想到萬一自己坐的飛機被恐怖分子劫持，我就感到坐立難安。」

「劫機這種事，沒有人不怕啦。」

「那為什麼除了我以外的其他人，都能若無其事地坐在位子上呢？」

約翰激動地繼續說道：

「我啊，只要一想像自己坐的飛機上可能裝了炸彈，就算沒有降落傘，也會有種衝動想立刻打開艙門跳下去。你看看，光是想像一下，我的手就忍不住發抖。」

「冷靜點啦。」

吉米在約翰的杯子裡倒了點酒。

「我了解你的感受，不過你自己想想看嘛。跟帶著炸彈的恐怖分子搭上同一班飛機的機率有多大呢？」

「機率？」

「是啊，就是你搭的飛機剛好有人帶著炸彈的機率。雖然我也不是很確定，可是應該只有幾千萬分之一吧。」

「原來如此……」

「真要比較的話，開車遇到車禍的機率，還比被劫機的機率高得多呢。與其成天擔心會被劫機，還不如開車時小心點更實在。」

但約翰已經聽不進吉米說的話。幾千萬分之一……意思是搭乘幾千萬次中，只有一次會發生……約翰小聲地自言自語。

「既然如此，吉米，我想再問你一個問題。」

「什麼問題？」

「比方說，兩個帶著炸彈的男人，剛好搭上同一班飛機的機率，大概有多高呢？」

吉米聽了放聲大笑。

「哈哈哈，你還真是個有趣的傢伙呢，約翰。那種機率，與其說是幾千萬分之一，不如說是零吧。就算你投胎轉世十次，大概也遇不到吧。」

這天，約翰又搭飛機到外地出差。可是，今天他既沒有發抖，內心也毫無恐懼。自從那天跟吉米聊過後，約翰便再也不害怕搭飛機了。

「跟帶著炸彈的恐怖分子搭上同一班飛機的機率，就算投胎轉世十次也不可能會發生。……只要我也帶著炸彈的話。」

約翰一邊想著放在自己的行李箱中，那個裝著炸彈的包包，一邊在心中自言自語。

窗外，是一片無邊無際的蔚藍天空。

原著：西洋小品故事　改編：小林良介

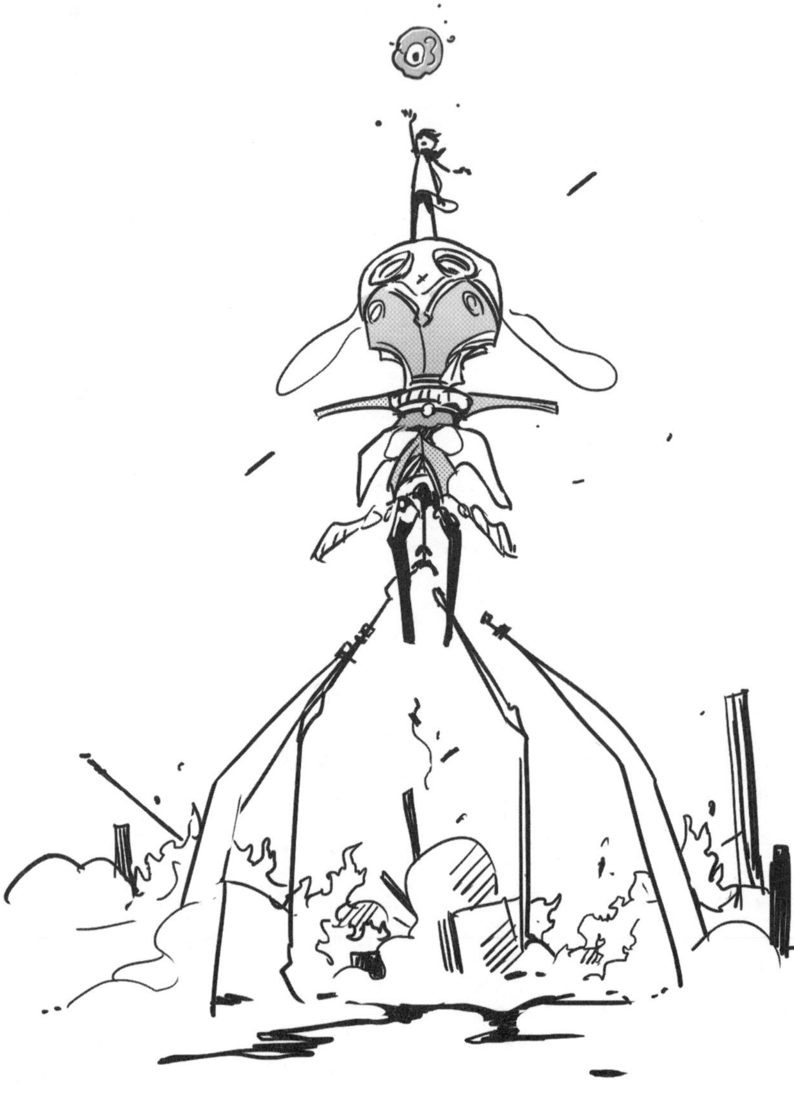

戒指

「史提夫！你為什麼在這裡……」

潔西卡叫道。她的旁邊是她的情人哈里遜。兩人正在這間可以欣賞美麗夜景的餐廳約會。

而史提夫卻在這時出現了。他跟潔西卡，不久之前都還是戀人。

現任男友跟前任男友在同一場合碰見，沒有比這更尷尬的情況了。不，或許不只是尷尬而已。

哈里遜一臉愕然，史提夫則是露出了潔西卡從未見過的凶狠表情。

潔西卡突然感到一陣天旋地轉，回想起跟史提夫分手那天的情景。

那不過是三天前的事。

「這個……還給你。」

潔西卡把放著戒指的小盒子，推到史提夫面前。

這間位於街角的小餐廳，是兩人常來的地方。這裡也是兩個月前，史提夫向潔西卡求婚的場所。

沒錯，兩人才剛訂下婚約。然而潔西卡卻突然要求解除婚約。

「對不起。我不能跟你結婚。」

史提夫困惑不已，用滿是憤怒的聲音問道：

「為什麼！」

「因為……我喜歡上了別人。」

「他到底是什麼人！」

「他是個醫生。」

對方不是普通的醫生，是個在知名大醫院工作的醫生。而且，他還是那間醫院的院長的兒子。而不久前，他追求了潔西卡。

他跟史提夫不一樣，會帶潔西卡到摩天大樓的高級景觀餐廳吃飯。而且前程似錦。

潔西卡不想放棄這麼好的機會！……但這種話，她當然說不出口。

潔西卡只告訴了史提夫，哈里遜任職的醫院名字。

「是嗎……嗯……」

史提夫打開盒子，看著放在盒子裡鑲有一顆大鑽石的戒指。這是在小工廠當黑手、每天辛勤工作的史提夫，用辛辛苦苦攢下來的錢買的。史提夫為了買下這只戒指向女友潔西卡求婚，想必省吃儉用了很長一段日子。因為以他的收入，根本高攀不起這麼大的鑽戒。

潔西卡感到心痛。她也很捨不得這顆鑽戒。但是考慮到哈里遜未來的發展性，她不得不放棄。

——是向我求愛的哈里遜不好。我明明都已經說「有男朋友了」，他卻強硬地奪走了我的心……。沒錯，錯不在我。

潔西卡如此說服自己。

於是史提夫蓋上盒子，深深嘆了口氣，然後說道：

「我懂了。那就分手吧。」

潔西卡沒想到他會這麼乾脆，不禁有點錯愕，但也對事態沒有發展到不可收拾的地步，發自心底鬆了口氣。

然後三天後的今天，史提夫竟然出現在自己的眼前。

潔西卡在內心告訴自己，「我們已經徹底分手了，應該不會有什麼問題」，於是擺出正大光明的態度。

「你有什麼事嗎？」

「我不是來找妳的，請妳安靜。」

史提夫瞪著哈里遜。

「你就是哈里遜吧。聽說你在大醫院工作……」

「嗯、是啊。」

任誰都看得出來，哈里遜雖然故作鎮定，但內心其實十分動搖。

「你、你到底想幹嘛？」

「這還用說嗎，我當然是為了這個！」

史提夫把手伸進上衣內。

是手槍！潔西卡一臉蒼白。

——怎麼會這樣。他竟然因為無法承受失去我的打擊而喪失了理智。他一定是想殺了哈里遜。然後再殺了我……。分手那天他沒有發狠，原來是想等我跟哈里遜在一起的時候，一口氣把我從幸福的頂點推入地獄。

「啊——！」

潔西卡不由自主地發出尖叫，緊接著眼前突然一黑。

聽到潔西卡的驚叫聲，其他客人紛紛轉頭察看。在人群騷動中，潔西卡的眼睛又慢慢地適應了光線。然後，她清楚地看見了。

史提夫從懷裡掏出的是——一只戒指。是潔西卡還給他的訂婚戒指。

「請把這只戒指買下來吧！潔西卡應該很喜歡這個戒指才對。尺寸也是專門為她訂製的。」

史提夫說著，把戒指塞給了哈里遜。戒指上的鑽石在燈光照射下，閃閃發光。

「我需要一筆錢買車。因為，我昨天交了新的女朋友。」

原著：西洋小品故事　改編：桑畑絹子

毒菇

這場婚姻真是失敗——。她完全挑錯了結婚對象。當初被對方身為資產家的魅力所吸引，不顧周圍的反對堅持與他結婚。但結婚之後，她才終於看清對方的真面目。為人既囉嗦又偏執。明明家財萬貫，卻對身為妻子的自己吝嗇得要命，是個徹頭徹尾的鐵公雞。不僅如此，為了吸引其他女人的注意，他還常常送她們高級的珠寶首飾，到處花天酒地。

「才剛結婚不久就四處拈花惹草，還以為我都不知道嗎？」

男人的妻子盤算著要如何謀害結髮多年的丈夫。雖然選了那種男人的自己也要負責任，但這份責任，她已經用超過十年的婚姻生活全部還清了。

「我的忍耐已經到極限了。光是離婚還無法讓我消氣。我絕對有權利殺死那個人，繼承他的財產。」

夫人坐在房裡的梳妝台前一邊化妝，一邊喃喃自語。問題不在於要不要下手，而在於如何下手、用什麼方法。單純殺掉他太無趣了。她要讓她的丈夫知道，自己至今為止受了多少委屈。但到底要怎麼做呢……就在這時，傳來了敲門聲。

「夫人，差不多該出門了。」

前來呼喚自己的，是家裡的一名傭人。她是這個家雇用的十名傭人中最年輕的，也是夫人的專屬女傭。

「這女人一向對我言聽計從。只要給她足夠的報酬，她應該會幫我才對。」

夫人一邊這麼想著，一邊走出了房間。雖然不可能直接要她下手殺死自己的丈夫，但至少可以說服她在自己動手後不去向警方報案，或是當自己的共犯。夫人的內心如此確信。因為，她正是為了向自己的丈夫復仇，才到這個家當傭人的。以前，自己的丈夫曾經陷害她的家人，害得她們家人離散。儘管夫人知道這件事，卻沒有揭穿她。因為她知道這祕密有一天一定會派上用場。

然後就在某天，夫人成功地透過認識的人弄到了一朵毒菇。那是一種可以讓服用者痛苦死去，而且即使解剖也只會讓死者看起來就像心臟病發，對夫人而言簡直是夢幻毒菇。前提是那個人沒有欺騙自己的話。問題是，替夫人弄到這朵毒菇的人，也是從其他人手裡得到的。換言之，沒有人實際試過它的效果。

「只要它有效的話，我就可以一雪多年來的怨恨了……」

欣賞自己的丈夫吃下毒菇，痛苦地在地上打滾的模樣，同時親口告訴他自己心中長年累積的所有怨恨，那該是多麼快活的事啊。一想像那瞬間的情景，夫人便忍不住笑了出來。

不過，那朵毒菇真的有效嗎？首先，必須確定這點才行。於是，夫人決定用那頭跟自己一點都不親近、由丈夫所飼養的討人厭的狗約翰來測試。那是頭大型犬，體重也剛好跟自己的丈夫差不多。如果這朵毒菇能毒死牠，那對人類應該也有效才對。

於是，夫人喚來了年輕的女傭。

「聽好了，這件事絕對不能告訴任何人。」

女傭聽了夫人的計畫後大驚失色，卻無法違抗命令。不，是沒有打算違抗。倒不如說，她反而因為終於等到復仇的機會而喜出望外。

「我明白了，夫人。」

妻子的計畫如下。

這個家的晚餐時間固定從七點開始。而養在院子裡的約翰，餵食的時間則比他們的晚餐時間更早一些。夫人和女傭分別負責在丈夫的晚餐及約翰的飼料中，加入毒菇。

雖然家中的三餐平時是由專職的廚師負責，但若是結婚紀念日的話，就算夫人親自下廚，應該也不會顯得不自然。所以夫人打算讓廚師們放一天假，自己下廚製作加了毒菇的料理。而約翰應該會比丈夫更早吃到下了毒的飼料才對。如果約翰吃了飼料後出現變化，女傭就會馬上來通知夫人。

然後，到了結婚紀念日當天。終於到了計畫實行的日子。年輕的女傭趁著約翰專屬的傭人不注意時，把毒菇混入約翰的飼料中。這種毒菇無臭無味，因此約翰不疑有他吃完了飼料。另一方面，丈夫也同樣毫無疑心地吃起夫人準備的料理。

夫人則是一邊盯著丈夫把食物送入口中，一邊吃著自己那盤沒有下毒的料理，等待毒菇的毒性發作。

然後，就在兩人剛吃完晚餐的那一刻。那名年輕的女傭，忽地闖進只有夫婦兩人正在用餐的房間。

「夫人，約翰牠、約翰牠死了！」

聽到這句話，夫人看了丈夫一眼。只見丈夫一臉慘白，身體明顯出現不適。他的嘴巴一開一闔地抖動，卻發不出聲音。於是夫人迅速走到門前，反手鎖上門。

「太好了！呵呵呵呵！」

夫人對著依舊啞然失聲的丈夫得意地說道：

「你剛剛吃下的料理，就跟剛才死掉的約翰吃的飼料一樣，我在裡面加了毒菇！你就好好品嘗這麼多年來我所受到的委屈和怨恨吧！」

不知是因為夫人態度驟變，還是因為毒菇的影響，丈夫從椅子上跌落。

「好了，你跟你最喜歡的約翰一樣，毒性差不多該發作了吧。你就給我在痛苦中掙扎到死吧！多麼美妙的情景啊，呵呵呵呵！」

但這時女傭卻打斷高聲大笑的夫人，戰戰兢兢地告訴她：

「那、那個，非常不好意思，約翰吃了毒菇後一直很有精神……但卻因為變得太有精神，自己衝到了馬路上。約翰牠，那個……是衝到路中央被車輾死的。」

原本因為寵愛多年的愛犬死亡而深受打擊，以至於一臉慘白的丈夫，在得知所有的真相後，轉而露出憤怒扭曲的臉，惡狠狠地瞪著夫人。

原著：西洋小品故事　改編：小林良介

騙子

一直夢想成為重機巡警的吉米，終於實現了心願。現在，自己就騎在從小憧憬的警用重機上……。通過了高難度的考試，經歷長時間的研修和訓練，吉米終於成為一名重機巡警，可以上路執法。

剛來到自己負責的區域，在幹道上巡邏時，吉米便立刻發現一輛超速的違規車輛。這是他成為重機巡警的第一項工作。吉米催滿油門，追上那輛車。

一鳴起警笛追上去，那輛超速車便馬上減速。吉米引導那輛車開往路肩停下。這個路段限速四十公里，而這輛車卻明顯超速了三十到四十公里。身為警察當然不可能視而不見。這說不定會是他開的第一張罰單。吉米有點緊張，但為了不讓對方發現，仍故作平靜地上前盤問駕駛。

「開那麼快很危險喔。請把你的駕照拿出來。」

沒想到，駕駛卻說出意想不到的回答。

「咦？我哪有什麼駕照啊。早在一年多以前，我就因為超速一百公里被吊銷駕照了啊。」

吉米一時之間沒能理解對方說的話。沒有駕照？超速一百公里？而且他看起來不像在開玩笑的樣子。這傢伙，簡直是無可救藥的惡劣駕駛。吉米更加繃緊全身的神經。因為這情況已經不是單純的超速了。吉米從這男人的身上，聞到了犯罪的氣息。

「那不就是無照駕駛了嗎！這輛是你的車嗎？」

駕駛是個比較年輕的男人。而吉米此刻才注意到，這輛車對這種年紀的人來說，實在太過高級了。但面對吉米的質問，駕駛卻毫無懼色地回答：

「怎麼可能嘛，我哪買得起這種高級車。當然是贓車啊！」

居然如此開門見山。語氣間絲毫沒有犯罪者那種心虛的態度。這傢伙可不是普通的惡劣。吉米雖然開始感到動搖，但仍努力保持冷靜繼續質問。

「居然是贓車，所以說你是個小偷囉？那這是誰的車？有沒有什麼能夠證明車主身分……對了，有行照之類的東西嗎？」

沒想到第一份工作就遇上這麼重大的案件，但吉米身為重機巡警，絕對不能退縮。另一方面，那名駕駛似乎還是沒搞清楚自己的處境。

「行照、行照……啊，對了，剛才把手槍收到儀表板後面的時候，好像有看到的樣子。」

男人面不改色地說出驚人之語。這時，吉米的額頭開始冒冷汗。

「手、手槍？你難道還藏著手槍嗎？」

但男人卻不以為意，理直氣壯地回答：

「嗯，對啊。這輛車原本的主人是個女的。我剛剛就是用那把槍幹掉那女人的。」

這男人終於坦白自己的犯行，而且還是殺人的重罪。知道眼前的人是名殺人犯，吉米開始害怕起來。面對一名重機巡警，還能一副泰然自若的模樣，男人的態度令吉米感到毛骨悚然。

「你、你殺了她？那你不就是殺、殺人犯……」

沒想到為了取締違規超速，竟然會遇到窮凶惡極的殺人犯，光靠吉米一個人實在處理不來。不，面對帶著手槍的犯人，連吉米自己都有危險。

於是吉米連忙用無線電，聯絡正在附近巡邏的上司請求支援。其間，男人卻毫無動作，反而一臉無聊地呆坐在駕駛座上。於是吉米壓抑著發抖的聲音，繼續追問對方：

「那你剛剛殺死的女人，她的屍體在哪裡？」

「啊啊，關於那個你放心。屍體就放在後車廂。我正準備載到山裡棄屍呢。」

到底有什麼好放心的。一直壓抑恐懼情緒的吉米，已經快要忍不下去了。吉米從來沒見過屍體，被嚇得魂不守舍，完全不敢獨自打開後車廂檢查。然後就在這時，吉米的上司終於來了。

吉米立刻向那位資深警官說明事情的經過。

「總而言之，這男人的行為實在太脫離常軌了。他是個非常危險的罪犯。不曉得他會做出什麼事，請您務必小心。」

聽完後，資深警官要一臉蒼白的吉米去請求警力增援，自己則走向轎車駕駛，對他問道：

「我再確認一次，你說你沒有駕照是嗎？」

根據吉米的報告，對方是個相當危險的人物。資深警官把手搭在槍套內的手槍上，以便在緊急狀況發生時可以隨時反擊，然後開始質問男人。然而，男人的回答卻出乎他的意料。

「不，我有帶。就在這裡。」

男人的語氣彬彬有禮，從錢包中掏出駕照遞給他。駕照上的照片看起來的確是本人沒錯，也不像是偽造的。但根據吉米的描述，對方應該是個非常危險的人物，這到底是怎麼回事呢？

「……怪了。那，這是誰的車？」

資深警官問，然後男人一臉沒事般地回答：

「是我的。我有行照證明。」

男人從車裡拿出行照遞給他。毫無疑問，這的確是男人的車。

「跟吉米報告的內容差很多呢……」

儘管有些納悶，但這時資深警官又想起了一個重要的事實。對了，吉米說過這男人持有手槍。

「你的儀表板後面不會藏有手槍吧？」

聽到這個問題，駕駛略顯詫異地回答：

「咦，手槍？怎麼可能呢。您可以檢查看看。」

正如男人所言，警官從儀表板後面到駕駛座底下全都搜了一遍，卻什麼也沒發現。警官愈來愈困惑，最後又問了一句：

「還有，我聽說你的後車廂內放了一具屍體。」

男人聽了也露出一臉困惑的表情，驚呼道：

「屍、屍體!?我的車上怎麼可能有那種東西呢？如果您不相信的話，請儘管檢查看看。」

駕駛打開了後車廂，警官仔細檢查過一遍，確實什麼也沒發現。就連一滴血跡也沒有。這到底是怎麼回事呢？話說回來，今天是吉米第一次值勤。難道是因為太過緊張而頭腦不清楚嗎？資深警官像自言自語般低喃著。

「……真奇怪。吉米……啊、我是說剛才那位巡警，他說你不僅無照駕駛，還偷了車，更在儀表板後面藏有手槍，後車廂內還放了一具女人的屍體……這到底是怎麼回事呢？」

駕駛聽了不可置信地說：

「那位巡警真是個愛說謊的人呢。該不會，他還告訴你我違反道路速限吧？」

原著：西洋小品故事　改編：小林良介

一點心意

喬治和瑪莉是一對去年才剛結婚的新人，最近在郊區買了間房子。全新的廚房、一個種著翠綠草皮的美麗庭院。在陽光照映下顯得潔白如雪的牆壁，以及紅色的屋頂。對新婚的兩人而言，可說是一間夢寐以求的獨棟洋房。

於是，兩人搬進去後，立刻舉辦了慶祝新居落成的派對。他們邀請了曾來參加過兩人婚禮的好友，並親自下廚準備料理。

「恭喜啊，喬治。」

「好棒的房子喔，瑪莉。」

好友們送上了花束、蛋糕，以及各種新居生活所需的必需品等禮物，紛紛開口祝福他們。客廳的一角，被大大小小的禮物箱給占滿，可見前來參加派對的友人之多。最後派對在熱鬧的氣氛下落幕。

在那幾天後。喬治從公司返家時，在客廳的桌子上，發現了一個看似非常高級的黑色信封。信封上印著兩人的名字。

「這封信是？」

喬治問。

「是我剛剛在信箱裡找到的。因為上面寫著我們的名字，所以我想等你回來後再一起打開。」

喬治撕開信封上的金色貼紙，看了看裡面的東西。只見裝在信封裡的，是最近一齣大受好評的舞台劇門票。這是個網羅了人氣編劇和導演，由陣容亮眼的演員擔綱演出，每天都座無虛席的熱門作品。喬治原本也想去看，無奈當他去訂票時，所有公演的票都已銷售一空。

信封裡放著兩張票。喬治驚喜地呼喚妻子。

「喂，太棒了！」

正在廚房準備晚餐的瑪莉，知道信封裡裝的是那齣舞台劇的門票後，也開心地跳了起來。

「太棒了，多麼有誠意的禮物啊。是誰送的呢？」

瑪莉一問，喬治又看了一下信封，但到處都找不到送禮者的名字。拿出門票看了看信封內側，只見裡頭放了一張小卡片。

「這是一點心意。」

卡片只寫著這麼一行字。

「妳知道是誰嗎？我想不出會是誰。」

喬治把用打字機列印的卡片交給妻子，但瑪莉看了看卡片的正反兩面，也找不到送禮者的姓名。兩人不約而同歪頭不語。

他們才剛結婚一年，而且不久前剛開完喬遷派對。在他們的印象中，當時每個人手上都已經拿著禮物。到底是其中的哪個人，後來又送了這份禮物呢？

後來兩人還是搞不清楚送禮者是誰，就這樣來到了門票上的公演日期。兩人決定只要一弄清楚送禮者的身分，就去向對方道謝，他們開車離開了鎮上，前往城裡欣賞舞台劇。這齣舞台劇不愧是當紅的話題，確實不負盛名。兩人也十分享受久違的約會。

在回程的車內，喬治和瑪莉熱絡地分享對這齣舞台劇的感想，但討論最多的依然是這兩張票的贈送人。

「真是的，到底會是誰呀？」

看到副駕駛座上的瑪莉歪著頭沉思，喬治說：

「別煩惱了，我想這兩天對方就會打電話來問『舞台劇怎麼樣？好看嗎？』到時就知道對方是誰了啊。」

正如喬治所言，兩人之後很快便弄清楚了送禮者是誰。一回到家，只見家裡的衣櫥和抽屜全都被翻開，家裡所有的現金和金銀珠寶，全都消失無蹤了。趁著兩人外出去看劇的這段時間，因為不用擔心屋主會突然回家，小偷悠哉地偷光了所有東西。

而在客廳的桌子上，則放著一張卡片。上頭印著跟放在黑色信封裡那張小卡片相同字體的文字。卡片上這麼寫著：

「舞台劇好看嗎？雖然順序反了，但那兩張票是為了報答兩位讓我得到許多貴重禮物的一點心意。」

原著：西洋小品故事　改編：小林良介

營業額小偷

位於曼哈頓的某棟高級百貨公司內。某個服飾公司，在這間百貨公司設立了一個專櫃。有一天打烊後，這家店的賣場主任在計算當天的營業額時，發現了一件奇怪的事。庫存跟營業額的數字對不上。

在那之後，店裡的營業額便不時會出現對不上的情況。主任仔細調查了帳簿，發現只有在新到任的麥可上班的時候，才會出現這種情況。只有在他輪班結帳的那幾天，營業額會莫名短少。於是主任心生一計，在從收銀台看不到的位置，偷偷安裝了一台針孔攝影機。

隔天，主任檢查了攝影機錄到的畫面，發現麥可竟趁周圍沒人注意的時候，把收銀機裡的錢悄悄塞進自己的口袋。

抓到了鐵證的主任，立刻跑到了總經理的辦公室。

「總經理，我有一件令人遺憾的消息要向您報告。最近本店的營業額跟帳簿的數字對不上，所以我調查了一下原因，終於找出了背後的真相，不、是犯人。」

然後主任一五一十地解釋了事情的經過，並把作為證據的錄像播給總經理看。只見總經理的臉色頓時因為憤怒而漲紅。

其實，麥可是總經理親自從其他公司挖角過來的人才。總經理大概是覺得自己遭到了背叛，所以格外憤怒吧。然而，總經理似乎壓抑了怒火，只是語氣平靜地告訴主任，叫麥可隔天一上班就馬上到總經理辦公室來。

然後隔天，等到麥可出現後，主任告訴他：

「麥可，總經理找你。」

麥可應了聲「我知道了」後，便揚長而去。主任望著他的背影，心想：

「麥可大概會被當場炒魷魚吧。說不定，還會被警察抓走。」

然而，幾分鐘後，從最上層的總經理辦公室回來的麥可，卻一臉開心的模樣。主任一問之下，麥可才回答：

「總經理說要替我加薪五倍，太令人高興了。」

主任大吃一驚，立即跑到總經理辦公室。

「總經理，您昨天沒有聽懂我的意思嗎？那個傢伙，可是偷了我們店裡營業額的犯人啊。然而您竟然替麥可加薪五倍，這到底是怎麼回事？您是認為替他加薪的話，他就不會再偷錢了嗎？但就算您那麼做，那傢伙也肯定還會再偷的。而且，要是偷了錢反而能加薪，不是在鼓勵大家偷錢嗎！」

「原來如此，你說得的確有道理。不過，我希望這件事你讓我來處理就好。」

聽到總經理這句話，主任忽地心想。

難不成，總經理是不想讓人知道這件事嗎？

麥可是總經理親自挖角到這間公司的。要是麥可行為不當，那麼總經理的信用和面子都會掛不住。所以他才以加薪為條件，想說服麥可不許再做出那種行為也說不定。

不，等等。那個心高氣傲的總經理，不可能做出那種條件交換。有可能，總經理本人也是共犯。

雖然實行者是麥可，但背後指使他的人其實是總經理，這樣就說得通了。所以，他才不能處罰麥可。但是為什麼呢？雖然我們是間小公司，平均薪資也絕對稱不上高，但總經理會為了這麼點小錢而做出竊盜的行為嗎？這該不會不只是一樁普通的「偷錢」事件，而是有什麼更大的陰謀在帷幕的後面吧。

如果這樣……雖然很不願去想像，但自己知道了不該知道的祕密，說不定接下來要遭殃了。

主任的思緒，不停往最壞的情況設想。可是……可是啊！我沒有做錯任何事。不如說，為了整間公司著想，此時更應該直接把話說明白。

「總經理，不管發生什麼事，我都不會屈服的！」

回過神時，主任才意識到自己竟對總經理大聲咆哮。

「好了好了，別那麼激動。」

總經理說。

「當然，我很想這個月就……不，很想馬上就開除麥可。」

主任感到困惑，歪了歪頭。

「那為什麼？」

只見總經理離開座位，走到辦公室的景觀窗前說：

「雖然這種話從我口中說出來有點不太恰當，但我們公司的待遇跟其他同業相比，只能算是差強人意。」

「啊……」

無視一副有話想說的主任，總經理繼續說下去。

「但這件事曝光的話，會影響到公司的形象，所以我不能報警。當然，開除是一定要的。可是，如果直接開除他的話，能夠要回來的營業額，也只有確實拍到他偷錢的那一天的份。想溯及既往要他吐出來是很困難的。」

確實，正如總經理所言。雖然可以用偷錢的罪證開除他，但要把他以前偷的營業額拿回來，從現實面來看大概不可能吧。

「既然只能用開除來懲罰他，我才不想讓那個小混混覺得自己只是丟了一份薪資平平的工作。所以我故意給他五倍於其他職員的高額薪水，要讓他嘗嘗從高處摔下來的滋味。」

倒映在景觀窗上的總經理的臉，因為憤怒而出現了前所未有的扭曲。

主任從辦公室回到店面時，只見以為自己領了高薪的麥可，正一臉得意地坐在主任的椅子上，像在享受那椅子的觸感似地，悠閒地整個人仰躺在椅背上，正在哼歌。

原著：西洋小品故事　改編：小林良介

專業的尊嚴

男人認為自己的工作非常機械化。然而，他從來不曾對自己的工作感到自卑。因為他認為，所謂的工作就是工作者愈是專業、熟悉，便會變成愈是單純的作業。

同時，男人也認為自己的工作就像「銀行員」一樣，是支撐整個國家經濟的重要工作。唯有貨幣持續流動循環，經濟才會發展。不是拿去消費，也不是存到銀行，而是單純地把人們存放在家裡的貨幣流通到市場。男人認為那就是自己的任務。

男人每天的工作流程如下。

首先，拜訪自己選上的人家，上門按門鈴。如果沒有人出來應門，便迅速地撬開門鎖，然後進入屋內，分析家中可能存放金錢或貴重物品的地方。這個過程，大約只要短短一、兩分鐘即可完成。

沒錯，男人的工作（不管男人把它看得多高尚）就只是普通的小偷。對於這種職業，社會上還有一種別稱是「竊賊」。

確定沒有任何人在家後，男人便會撬開門鎖，進入家中。然後搜索屋子裡所有可能收藏貴重物品的抽屜、櫃子，以及床底下。

這天，男人挑中了一間公寓。那棟公寓雖然不是什麼豪華的大廈，但相對地應該也更容易入侵。按了按門鈴，確定沒有人出來應門後，男人像平常一樣迅速撬開門鎖，潛入屋內。

「打擾了。」

即使屋主不在，也不可忘了禮節。那是他身為專家的堅持。

於是，男人跟平常一樣，迅速打開櫥櫃的抽屜，卻沒有發現什麼值得下手的東西。掛在牆上的大衣口袋、櫃子的裡面，以及書架深處全都翻遍了，卻連一張小鈔，甚至零錢都沒發現。

「沒見過這麼貧窮的人家。」

這種看起來不太可能有更多收穫的房子，繼續待下去也是浪費時間。該撤退時就要乾淨俐落。這就是他身為專家的判斷力。男人一邊自言自語，一邊準備從玄關離去。但就在這時，門外傳來了轉動門把的聲音。是這個家的人回來了。男人無處可逃，只能匆匆躲進櫃子裡。

「這、這是……！」

看到家中被翻得一團亂，年輕的住戶嚇了一跳。這副慘狀，怎麼看都像是被小偷闖了空門。

「不、不好了！」

年輕人一邊大喊，一邊跑出了屋子。男人心想可以趁這時逃出去，才剛從櫃子探出頭來，便聽到衝上樓梯的腳步聲。似乎是剛才的年輕人又回來了。

「總而言之，您來看看就是了！」

外頭傳來聲音。於是男人又急忙躲回櫃子裡。這次進到屋內的除了剛剛的年輕人，還有一個有點年紀的女性。

「房東太太，我回來後，就發現家裡變成了這樣！」

看樣子，那名有點年紀的女性是這棟公寓的房東。她大概就住在同一棟公寓的其他戶，或是就住在隔壁吧。

不過話又說回來，這個年輕人，為什麼家裡被闖空門不去報警，而是先找房東過來呢!?躲在櫃子裡的男人不禁在心裡暗叫倒楣。如果是找警察的話，通常需要一段時間才能趕來，自己就能趁那段時間逃出去了。

「哎呀，這可糟糕了。看樣子是真的遭小偷了呢。」

外頭傳來初老女性的聲音。緊接著又傳來年輕人說話的聲音。

「就是啊。我不曉得該怎麼辦，所以才拜託房東太太您來幫忙看看。」

兩人似乎還沒有發現男人躲在櫃子裡。

於是房東又說：

「既然是遭小偷闖空門的話，就得跟警察報案才行了。不過，你到底被偷了什麼東西呢？」

年輕人回答：

「我的存摺、印章，還有現金都被偷走了。我好不容易等到發薪日，今天正準備把房租拿給您的時候，就發現家裡成了這副慘狀。」

聽到這番話，男人終於明白了。這個年輕人積欠了房租。多虧有小偷闖進來，他才想到可以藉機不用繳房租。

「那可真是倒楣呢。除此之外，還有其他東西被偷嗎？」

面對房東的提問，年輕人又說：

「當然。我房間裡所有的東西都被小偷偷走了。包括我父親送我的金錶、項鍊，還有……」

躲在櫃子裡的男人好驚訝。別說是手錶了，自己根本什麼東西都沒偷到。話又說回來，屋子裡明明就沒有任何值錢的東西。而就在男人屏息靜待之際，大概是為了博取房東的同情，年輕人順勢舉出更多根本就不存在的被盜物品。

「我打算送給女朋友的鑽戒，還有不久前剛買的相機也被偷了。」

多麼卑鄙的年輕人啊。居然把帳全都算到我的頭上。平常出於專業的尊嚴，一向不為自己的工作找任何藉口的男人，這時再也忍不住了。因為自己根本就沒做過那些事。

於是男人從櫃子跳出來，大聲說道：

「喂喂喂，年輕人，說謊之前也要先打個草稿。俗話說，撒謊可是成為小偷的第一步！」

原著：古典落語《花色木棉》 改編：小林良介

好運的男人

「這位客人，要不要買張彩券啊？」

今天，他一張彩券都沒賣出去。男人是位於車站前這間小彩券行的老闆，看著自己店裡堆積如山的彩券，無精打采地垂下了肩膀。別說是十張一組的彩券了，就連單張的彩券，從今天早上到現在一張都沒賣出去。

「彩券，要不要買張彩券啊～？」

男人最後決定跑到店外，在路上大聲招攬客人，然而卻沒有人願意停下腳步。

就在這時，城裡最有錢的史密斯先生走了過來。史密斯原本出生於貧苦人家，後來受到一位偶然結識的富翁賞識，與他的女兒相戀，成為了富翁的女婿。後來，史密斯繼承了岳父的事業，成功將公司發展為全球規模的大企業。史密斯的商業頭腦，只能用天才來形容。不僅買進的每支股票都大漲，新開拓的事業也都剛好乘上時代的浪潮，有著驚人的成長。只要是史密斯買下的地就會挖到溫泉；只要是他買下的馬就能在比賽中連續奪冠。他之所以有今天的地位，除了本人的才幹之外，還有那壓倒性的好「運」。

「老闆，您來得正好。要不要買一張彩券，試試手氣啊？」

彩券象徵著一夜致富的美夢。對原本就很有錢的人來說，應該是沒什麼吸引力的商品。然而，今天史密斯正在趕時間。因為懶得應付彩券行老闆的死纏爛打，所以就買了一張彩券。

「謝謝您的惠顧！」

彩券行老闆拿了一張彩券遞給史密斯先生。

之後過了兩個禮拜。

到了彩券開獎的那天，在車站前賣彩券的男人，看到報紙後嚇了一跳。只買了一張彩券的史密斯先生，竟然就中了頭彩。因為那天幾乎沒什麼人光顧，所以老闆對單張彩券最上面那張的號碼格外有印象。話說回來，居然只買一張就中獎，史密斯先生的超強運勢果然誰都擋不住。

可是，像史密斯先生那樣的有錢人，應該不會一一核對中獎號碼吧。於是，彩券行老闆立刻奔向史密斯先生的家。要不是遇到像我這樣親切的彩券行老闆，史密斯先生的運氣也不會這麼好。

「我、我是說真的，只要將您上次買的彩券號碼，與這上面的號碼核對一下就知道了。」

史密斯依男人所言，比對了一下自己手上的彩券。號碼的確相同。是五百萬美金的大獎。

雖然史密斯是個富翁，但中了頭彩當然還是很高興。畢竟這不是做壞事賺來的錢。於是他立刻叫來家裡的傭人，派他到銀行去兌換獎金。

面對放在桌上的一大筆彩金，史密斯對賣彩券的男人說：

「多虧了你，我才能得到這筆意外之財。謝謝。」

「沒什麼，這本來就是我的工作，自己的店能開出大獎，我也很高興。」

今天回去後，就馬上在自己的店外貼上一張大大寫著「本店開出頭彩」的海報吧，彩券行老闆心想。希望這麼一來，店裡的生意多少會變好一點。但就在男人內心如此盤算的時候，史密斯先生卻忽然提出一個建議。

「要不是你特地來提醒我，我大概也不會發現自己中獎。所以，這筆獎金就分一些給你吧，你覺得如何？」

聽到這句話，彩券行老闆喜出望外。對著史密斯先生連連鞠躬道謝。

「如果你想要的話，我也可以馬上把十萬現金都給你，不過比起一次領完，就長遠的收益來看，分次慢慢領應該更好吧。這筆錢放到銀行裡可以生利息，所以另一個方案是我每年給你兩萬美金，讓你領到過世為止。你覺得如何？」

說完，史密斯先生拿出一疊十萬的鈔票，還有一疊兩萬的鈔票分別放在男人面前，讓他自己選擇。

一年兩萬，五年的話就是十萬。而且，直到自己過世前都可以一直領，天底下再也沒有比這更划算的事了。於是彩券行老闆毫不猶豫地選了兩萬的鈔票。

「對於您的慷慨，我實在不知道該如何表達內心的感謝。」

每年都有兩萬美金可拿的話，只要不要太過奢侈，下半輩子就能過著衣食無虞的生活了。而且，自己也可以繼續現在的工作，肯定能過著比一般人更富裕的生活。雖然十萬美金也很吸引人，但比起一次領一大筆錢，這樣的選擇肯定對人生更有利。

「如果您願意遵守諾言的話，我想選擇兩萬美金。」

史密斯先生品德兼備，在城裡又是知名人士，應該不會言而無信。或許真正中大獎的，不是這位富翁，而是自己也說不定。我真是個幸運的人啊。彩券行老闆喜不自禁地離開了史密斯先生的家。

那天晚上，男人去了平時常去的酒吧，點了一杯平常很少點的昂貴名酒。離開酒吧時，剛好過了午夜十二點。

「每年兩萬美金啊……。這樣一來，就能搬到更大的房子住，也能買輛車了……」

但就在男人沉醉在幸福的氛圍中，思索著該如何運用這筆錢時，一輛超速的卡車突然朝他直衝而來。男人被車頭燈的強光刺得眼前一片空白，這時他忽然想起史密斯先生說的「讓你領到過世為止」這句話。然後他重新領悟到，史密斯先生的運勢，果然是強中之強。

原著：西洋小品故事　改編：小林良介

骨董商的交涉術

在巴黎經營一間骨董店的飛利浦，來到一個放眼盡是田園風景的農村。來鄉村度假放鬆——這只是他表面上的目的，真正的目的其實是來物色骨董。

骨董商購入商品的管道有以下幾種。第一種是透過拍賣會，第二種是在骨董市場收購，第三種則是向個人購買。而最後一種又可分為由出售者親自將物品拿到店裡鑑定，以及由店家親自到出售者家中鑑定兩種。

飛利浦時不時會到鄉下，拜訪當地的骨董店或百姓家中物色商品。有時候，還會意外挖到寶物。

不過，並非每個人都願意把東西賣給自己。畢竟任誰都會對陌生人抱有戒心，有時就算說自己是巴黎的骨董商，對方還是不肯賣。就算願意出售，也會開出很高的價格。所以飛利浦才要佯裝成遊客來接近當地的居民。

這一次飛利浦也跟往常一樣，一邊在鄉間小路漫步一邊物色東西，但都沒發現什麼看上眼的東西。今天沒有半點收穫啦——就在他暗自感慨的時候。

「喵——」

往旁邊一看，只見某間民宅的圍牆上，有隻貓正在那裡做日光浴。那是隻灰色的長毛貓。

「嗨，小貓。你知不知道這附近有沒有什麼寶貝？……唉，貓怎麼可能知道呢。」

飛利浦才語帶自嘲地說完，灰貓便倏地起身，跳進庭院。然後，從民宅裡走出一位有點年紀的男性。灰貓立刻跑到男人的腳邊。大概是牠的飼主吧。

「來，喝牛奶囉。」

站在一旁觀看的飛利浦，忽地注意到男人手上那個用來盛裝牛奶的碗。

以寵物的飯碗來說也太花俏了——才剛這麼想，飛利浦頓時倒吸一口氣。

鑲著金邊的深藍色碗。那是洛可可風的圖案。那個碗肯定是波旁王朝的全盛時期，屬於路易十五時代的東西。就算擺在博物館展示也不足為奇。

飛利浦壓抑興奮的心情，迅速擬定作戰計畫。

他無論如何都想得到那個碗。如果對方是巴黎的富豪或沒落貴族那種識貨的人，交涉成功的機率大概很低。不過，對方只是個住在鄉下的純樸老人，交涉起來應該很簡單才對。不，這也很難說。就算是一般人，只要知道那個碗真正的價值，相信也不會輕易放手。必須在對方沒有察覺到那個碗是高價品的情況下，想辦法說服他把東西讓給自己才行。

於是，飛利浦決定使出絕招。

「您好。」

飛利浦穿過敞開的門，走進庭院內。

「真是隻可愛的貓呢。」

飼主轉頭望向飛利浦。儘管有些訝異，但老人還是馬上露出笑容。

「是啊，牠是個美人對吧。」

對方似乎對飛利浦沒有戒心。於是飛利浦也帶著笑臉走向飼主和灰貓。

「真的很可愛呢。」

飛利浦彎下腰，摸了摸灰貓，藉機近距離觀察那個碗。

他不動聲色地檢查碗的色澤和花紋。不會錯的，這是真品。

於是飛利浦露出謙遜的表情。

「那個，雖然很唐突，但我想請問一下，可以把這隻貓讓給我嗎……」

「咦？這麼突然……。請問是怎麼回事呢？」

飼主面露難色。這完全在預料之內。於是飛利浦裝出更加謙遜的表情。

「不瞞您說，我兒子最近一直吵著要養貓……。以前我們家養了一隻小貓，但有一天卻突然走丟了。在那之後，原本就體弱多病的兒子變得鬱鬱寡歡，連康復的欲望都失去了。而這隻貓，就跟我兒子之前養的那隻貓長得一模一樣。」

飛利浦根本沒有兒子。換言之，這全是他瞎掰的故事。

「哦，原來是這樣啊……」

飼主摸著下巴陷入思考。

「可是，我也很疼愛這孩子啊。」

「當然，我不會要您白白讓給我的。」

飛利浦從錢包內掏出幾張大鈔。

「請問這樣夠嗎？」

「嗯～嗯……」

男人依舊面有難色。

「這孩子可是很稀有的貓啊。這個品種，灰色可是很少見的。」

「原來如此……那這樣呢？」

飛利浦又從錢包掏出更多鈔票。他的錢包裡，已經一毛也不剩了。

「嗯……麻煩你等一下。」

飼主說完回到屋子裡。再次走出來時，他的手上拿著一張紙。

「這是契約。」

男人說。只見紙上寫著「我發誓絕不丟棄此貓，會一輩子照顧牠」的文字。

「你能答應我會好好照顧牠嗎？你的兒子，真的會好好愛護這孩子嗎!?」

「那當然。」

「既然如此，我就答應你吧。這筆錢就當成簽約金。」

「非常謝謝您！」

於是飛利浦在契約上簽名，把錢交給男人。雖然這樣手頭上的錢幾乎都用完了，但這也沒辦法。不如說，如果用這點錢就能得到波旁王朝時代的瓷器，還算便宜的了。

「謝謝您，我兒子一定會很開心的。」

飛利浦抱起灰貓，看著飼主露出放心的表情，盡可能不著痕跡地切入主題。

「那個，請問這個牛奶碗我可以一起帶走嗎？我看小貓似乎已經很習慣用它吃東西了……」

「不，這個可不能給你。」

男人大概是對自己想免費拿走這個碗的態度感到不滿吧。

「不，我當然不會白拿，雖然金額不多，但我會連這個碗一起買下來的。」

也許打從一開始就這麼說，事情會更簡單點。

然而，飼主卻露出與剛才判若兩人的狡猾表情回答：

「『金額不多』？你應該知道這個碗價值多少錢吧。就憑你剛剛給的那點錢，我是不可能把這個碗讓給你的。再說，多虧這只碗，我這個月已經賣掉十隻貓了呢。」

飛利浦感覺懷裡的貓一下子重了起來。

「那個、這隻貓……」

「我可是不接受退還的喔。你答應過要照顧牠一輩子了吧？」

說完，飼主露出狡猾一笑。

原來中計的人是自己。這個男人，不知已經用這招騙了多少骨董商，讓他們以高價買下貓了。

於是飛利浦帶著空空如也的錢包和灰貓，回到了巴黎。

灰貓對於飼主換人，好像一點也不在意，打了一個大大的哈欠。

原著：古典落語《貓的小碗》　改編：桑畑絹子

致吾友布萊德

布萊德與柯妮來到這座小漁村，已經過了一個禮拜。這一個禮拜，兩人都躲在一間看得到海的小房間裡。兩人有著不得不躲起來的理由，所以拜託好友艾倫替他們準備了這個房間。

然而，他們也不可能一輩子躲著不出來。就在柯妮外出採買，布萊德負責留守的時候，寄來了一封信。

上面有著令人熟悉的筆跡。是好友艾倫寄來的。布萊德立刻打開了信封。

致吾友布萊德：

當你收到這封信時，我可能已經不在人世了。
老大始終無法原諒我幫助你們逃跑。
或許正因為老大非常疼愛我們，所以才更不能原諒吧。
可是，我還有一個心願沒有完成。
雖然我的人生不值得一提，但跟你一起度過的時光非常快樂。
不論發生什麼事，你都是我的好朋友。
那件事我已經不恨你了。請你一定要讓她幸福。
希望至少在最後，你能想起我這個朋友。

當年布萊德加入黑手黨，踏進黑社會時，還只有十七歲。他差不多也是在那時候認識艾倫的。同年紀的兩人一拍即合，常常一起行動。
然後過了幾年，兩人成為組織裡備受重視的人物。
然而，他們卻愛上了同一個女人。橫刀奪愛的是布萊德。布萊德在不知不覺間，愛上了艾倫的女友柯妮。柯妮是個與黑社會毫無關聯，內心善良的女性。

布萊德很清楚自己必須放棄。可是，愈想忘掉這份感情，他對柯妮就愈不可自拔。然後，柯妮也漸漸被布萊德吸引。再這麼下去，就會演變成布萊德橫刀奪愛。雖然得到了戀人，卻會失去最好的朋友。或許是察覺到兩人的心意，又或是不想同時失去戀人和好友，最後艾倫選擇退出，主動與柯妮分手了。

而逐漸厭倦黑社會生活的布萊德，最後決定脫離組織。或許也是因為不知道該怎麼面對艾倫，布萊德打算洗心革面、找份正經的工作，跟柯妮結婚。

布萊德十分煩惱。因為這件事一旦沒處理好，自己就會被殺。

而艾倫比任何人都更早察覺到布萊德的煩惱。

「布萊德，有什麼我能幫得上忙的事，儘管告訴我。」

於是，布萊德把自己的煩惱一五一十地說出來。或許，艾倫會無法原諒自己要再一次地背叛他。可是，布萊德不想再對艾倫有所欺瞞了。

但聽完布萊德的話後，艾倫的反應卻出乎布萊德的預料。

「布萊德，這件事交給我。我會去跟老大商量的。就算是老大，我也不會讓他阻礙你們的幸福。」

然後，艾倫要布萊德他們到這個小漁村靜候佳音，獨自一人去找老大。

那是一個禮拜前的事了。在那之後，他便再也沒有艾倫的消息。

布萊德反覆讀著這封信，回想與艾倫相處的日子。

布萊德犯錯的時候，替他背黑鍋被老大責罵的人，總是艾倫。

布萊德立下功勞的時候，最替他高興的人，是艾倫。

布萊德受重傷的時候，不眠不休照顧他的人，是艾倫。

艾倫的信上寫著「希望你能想起我這個朋友」。然而，布萊德從來沒有忘記過艾倫這個朋友。相信以後，自己也永遠不會忘記他。

布萊德的眼眶一熱。

「那傢伙……」

但就在這時，房門被粗暴地打開，兩個男人走了進來。一個高大的男人與一個瘦小的男人。兩人手上都拿著手槍。

「不准動！」

布萊德腦中頓時一片空白。是組織的人。

只見他們看了看房間，大聲問道：

「只有你一個人嗎！」

幸運的是，柯妮正好外出採買。

無論如何都必須保護好她。絕對不能讓跟黑社會沒有瓜葛的柯妮被捲進來。

「嗯，只有我一個。沒有其他人了。」

然後，那個高大的男人打開衣櫥，從裡面翻出了幾個袋子，對另一個人說：

「找到了！就跟電話裡聽到的一樣。居然藏在這種地方。不過，並不是全部都在這裡。看來是拿去換錢了。」

布萊德聽不懂這個高大的男人在說什麼。

接著，那個瘦小的男人冷靜地告訴布萊德：

「不知道什麼人偷了組織的珠寶。經過調查，那之後行蹤不明的就只有你和艾倫兩個人。所以不是你們兩個一起背叛了組織，就是你們其中一個人幹的好事。我們是收到命令來抓人的。」

他到底在說什麼。我只是為了跟柯妮在一起才會逃離組織。艾倫也只是去幫我和柯妮跟老大說情才對啊。

看到布萊德一臉錯愕的模樣，男人繼續說道：

「你偷了組織的珠寶，還想裝傻啊。還是說，你在袒護什麼人嗎？」

布萊德此刻正面臨重大的抉擇。

如果選擇跟他們交涉，爭取活命的機會，柯妮馬上就要從外面回來了。如此一來，這兩個男人一定會連柯妮一起殺死。若能盡快讓他們殺死自己，他們才會離開這裡。

於是，布萊德露出半放棄的表情，呢喃似地回答：

「啊啊，是我幹的。我認了。」

然後，他忽地想起來。這個房間是艾倫替自己安排的，應該只有艾倫知道才對。那麼，這兩個人是怎麼找到這裡的？還有，那個高大的男人，剛才好像說了「就跟電話裡聽到的一樣」之類的話。

「難道說……」

致吾友布萊德

艾倫其實還對我懷恨在心嗎？話說回來，那封信上寫著「希望至少在最後，你能想起我這個朋友」。原來那句話的「最後」，指的是我的最後啊——。

原著：西洋小品故事　改編：桑畑絹子

犯罪動機

天空被夕陽染紅的傍晚時分，住宅區內傳來槍聲。

住在這條靜謐街道的，都是一些中產階級的人們。沒想到居然會發生這樣的事件。是闖入民宅的強盜開的槍嗎？犯人是外地人嗎？

但事實卻非如此。

犯人是當地的居民，罪狀是謀殺。看到平常認真又值得信賴、深受大家好評的米勒先生遭到逮捕，大家都很驚訝。

米勒射殺結髮超過十年的妻子。謀殺是這世上最卑劣且不可饒恕的行為。然而唯獨這次的案件，有些人反而同情米勒的遭遇。

米勒行凶的地點是在夫妻倆的寢室。當時，妻子的身旁躺著一個不認識的男人。

沒錯，米勒的妻子把自己的情夫帶回了家中。明知丈夫會在傍晚回家，兩人卻不小心睡過頭。結果就被丈夫撞個正著。

想想米勒看到兩人那瞬間的心情，會產生些許同情也是正常的。

米勒遭到了起訴，而這天正是開庭的日子。米勒認罪，承認是自己殺害了妻子。辯護方唯一的申辯，就是被告在當時喪失了理智。律師希望透過提出這點，減輕米勒的刑責。

律師主張，被告在那瞬間受到太大的打擊，因此失去了理智，處於無法正常判斷是非的狀態。為了論證這點，被告律師請米勒本人上證人席作證。而米勒也宣誓自己會誠實回答所有問題。

「我是個平凡的男人。」

他靜靜地說。

「每天，我都過著規律的生活，努力完成自己該做的事情。早上七點起床，七點半吃早餐，八點離開家門，九點到達公司。然後下午五點離開公司，六點回到家，在餐桌上吃晚餐。吃完晚餐後，看看報紙或電視，九點去洗澡，在十點前上床就寢。日復一日重複這樣的生活。或許有人會覺得我的人生非常無趣吧。而我的妻子大概也是這麼想的……」

米勒低下頭。陪審員靜靜地看著他。其中有不少人露出哀憐的表情。

然後米勒又抬起頭，繼續說下去。

「可是，我很喜歡那樣的生活。七點起床、七點半吃早餐、九點上班、五點下班、六點回家吃晚餐、九點洗澡、十點上床就寢。我一直相信，這種平靜安穩的日子可以永遠維持下去……直到那一天！」

米勒說到這裡忍不住哽咽，用雙手摀住臉。辯護律師見狀，溫柔地安慰回想起那一瞬間的米勒。

「沒事的，請繼續說下去吧，米勒先生。那一天，究竟發生了什麼呢？」

「那一天，」

米勒繼續說道。

「我一樣七點起床，七點半吃早餐。九點到達公司，然後下午五點下班，六點回到家。就跟平常一樣。然而，那天家裡的狀況卻有異於平日。餐桌上沒有晚餐。換做平常的話，當我一回到家，馬上就可以吃飯的……。而且我的妻子也沒有事先通知我。事情不太對勁。我感到不安，於是四處尋找妻子。然後當我打開寢室的門，就發現她跟一個不認識的男人躺在床上。於是我立刻衝向衣櫥，拿出防身用的手槍——對著她扣下扳機。」

被告律師深深地點了點頭後，接著問道：

「那麼，你對她開槍的時候，精神狀態如何呢？」

「我感到非常憤怒。」

大概是想起那時的景象，米勒的聲音變得激動起來。

「我的大腦沒辦法思考，也無法控制自己。因為，遇到這種事，我怎麼可能還保持理智！」

米勒看了看陪審員的臉，滿臉漲紅，憤怒地敲著證人席的椅子怒吼：

「各位，我在六點回到家的時候，晚餐居然還沒準備好啊！」

然後米勒抬起頭來，正視著法官控訴道：

「我這十多年來都維持著規律的生活……如果沒辦法準時吃晚餐的話，之後的行程

全都會被打亂啊！所以我絕對無法原諒那女人!!」

原著：西洋小品故事　改編：桑畑絹子

企鵝

有一天，動物保護協會接到了一通電話。接電話的是協會一名叫做安娜的職員。從聽筒另一頭傳來的，是位中年男性的聲音。

「我有件事想問你們。」

自稱波普的男人用不客氣的語氣說道。

「我家門口現在有隻企鵝。我該怎麼辦？」

「什麼？企鵝？」

「我剛剛準備出門的時候，一打開門就發現有隻企鵝。」

「企鵝？」

「對，企鵝。」

真是少見的情況。這份工作做了這麼久，安娜還是第一次遇到這種問題。

目前也沒收到哪個設施有企鵝逃走的通知。

難道是誰家的寵物嗎？最近愈來愈多人飼養爬蟲類等稀奇古怪的寵物，就算有人養企鵝應該也不奇怪吧。

於是安娜又問了一次。

「請問那真的是企鵝嗎？」

「嗯，不會錯的。妳是懷疑我在說謊嗎？還是說，妳覺得我連企鵝都不認識!?」

波普似乎有點動怒。安娜連忙安撫他。

「不不，我沒有那個意思。對了……不然您先帶那隻企鵝去動物園如何？」

「動物園？真的那樣就行了嗎？」

波普似乎不太能接受這個答案。

「是的，我想那樣對企鵝最好了。」

安娜說完，波普應了聲「我知道了」。

然後安娜問了他的住址，告訴他離他家最近的動物園在哪裡。

隔天，安娜打電話給動物園，但對方卻說沒有人來寄放企鵝。

「奇怪了……」

難道那通電話是惡作劇嗎？又或是……。

安娜開始感到不安，於是決定去波普家一趟。一路上，安娜順便問了問附近的鄰居有關波普的為人。

根據附近住戶的說法，波普一個人獨居，不喜歡親近人，很少跟鎮上的人交談。平時總是一臉嚴肅，附近的小孩子都很怕他。看起來實在不像是個愛動物的人。

安娜的內心愈來愈不安。說不定企鵝正遭到那個人的虐待。或是被他隨便丟棄在野外……。

安娜按下波普家的門鈴後，一個身形高大的男人走了出來。

「誰啊？」

聲音跟電話裡聽起來一樣。看來他應該就是波普。波普一見到安娜，便露出警戒的表情。

「那個，我是昨天接到您電話的動物保護協會的人……」

波普聽了，臉部的表情變柔和了些。

「對了，妳來得正好。」

說完，波普轉過身，對著屋內「喂——！」地喊了一聲後，一隻企鵝搖搖晃晃地走了出來。牠看起來很有精神，小小的翅膀啪答啪答地拍動。

「我照妳說的，昨天帶了企鵝去動物園。結果牠好像很喜歡那裡，非常高興呢。所以今天我想再帶牠去電影院或遊樂園，妳覺得哪裡比較好？」

原著：西洋小品故事　改編：桑畑絹子

任務

那是一起令人沉痛的案件。在某間公寓裡，房東老夫婦不僅遭人殺害，屋裡的錢財還被橫掃一空。這是件強盜殺人案。

嫌犯很快便被警方逮捕。是住在同一棟公寓的二十五歲男子。他沒有工作，整天無所事事。為錢所困的男子，闖入房東夫婦家偷錢。因為行竊時被老夫婦撞見，為了滅口才殺死他們。這是警方的推論。

由於犯行不是臨時起意，而且還殘忍地殺害了平時很照顧他的善良夫婦，因此男人被法官判了一級謀殺罪。雖然男子堅稱自己是無辜的，但所有人都相信法院肯定會判他死刑。

負責替被告辯護的律師名叫亞當斯。雖然他才四十出頭，卻已經是個赫赫有名的王牌律師。

亞當斯希望，無論如何都要讓被告免於被判死刑。

這一方面是出於自己身為律師的義務，但還有一個更重要的原因。因為委託亞當斯辯護的，並不是被告本人。而是某間大企業的社長。

這名被告，其實是那位社長的私生子。

身為父親的社長，非常寵愛他的兒子。他跟妻子之間沒有半個孩子，被逮捕的男人是他唯一的獨子。兒子犯罪的事實應該無庸置疑。然而，就算不可能無罪，至少也要保住他的性命。社長私下拜託亞當斯，並開出要多少報酬都沒關係的條件。

出於這理由，亞當斯無論如何都必須讓男人免除死刑。他希望至少能把刑責減輕至二十年有期徒刑。

然而，那並不是一件容易的事。

自私的動機。殘忍的犯行。幾乎沒有能酌情量刑的空間。

因此，亞當斯決定使用最後的絕招。那就是從陪審團下手。

該國的審判是採用陪審團制度。所謂的陪審團，就是從一般公民中隨機選出幾人參與審判，透過開會討論的方式決定有罪與否，以及刑罰輕重的制度。

在這個國家，不只是判斷被告有罪無罪，如果有罪，量刑的部分也是由陪審團來決定。像是要坐幾年牢，或是要不要判死刑。這是責任非常重大的工作。而討論判決的會議會一直持續下去，直到陪審團全員得出一致的結論。

這次的審判，恐怕陪審團全員都會做出「死刑」的決定。而決定判決的會議，除了陪審團成員外，其他人都不能參加。

所以，亞當斯決定收買陪審團的成員。

他私下接近其中一名陪審團成員，用錢賄賂他，讓他把陪審團的結論引導至對被告有利的方向。也就是誇大被告不幸的身世，博取同情，然後讓大家覺得就算酌情減刑也可以接受。

當然，這種行為在法律上是被禁止的。因此亞當斯經過審慎地調查後，才從陪審團中找出最適合的「合作」對象。

那就是名叫理查的三十歲男性。

他原本在某間公司擔任業務員，但不幸遭到裁員，現在靠著領失業救濟金度日。他的家裡還有妻子和三歲的女兒，應該正為錢所苦才對。

理查在學生時代，曾經參加過話劇社。

他的個性開朗、善於言詞，深受大家的喜愛，骨子裡則是個認真努力的人。他的口風很緊，周圍的人都說他是個絕對不會將祕密外洩的人。

有演技，口風緊，為錢所苦。

他正是最合適的目標。

但是亞當斯不可能暴露自己的身分，因此他透過變裝隱藏真實的身分，暗中接近理查，請求他的協助。

「我想拜託你幫忙把他的刑責減輕到二十年有期徒刑。我知道這非常困難，所以我會準備相應的報酬。」

理查猶豫了一會兒，最後回答「好吧」。

「既然答應了，我一定會完成任務。因為我是個言出必行的男人。」

就這樣，審判開始了。儘管審判的過程對辯護方十分不利，但亞當斯還是全力進行辯護。利用男子是私生子的可憐身世當作說服材料，博取同情。

然後，終於到了陪審團開會決議的階段。剩下的就只能寄望理查了。陪審團的會議持續了很長一段時間。相信理查一定正在奮鬥吧。

經過漫長的討論，陪審團終於得出結論。最後，陪審團做出的判決是「有罪，處二十年有期徒刑」。

被告逃過了死刑的命運。

數天後，亞當斯再次變裝，前去見理查。他向理查道謝，把錢交給他。

「謝謝。多虧了你，才能得到我們期望的判決。」

「哎呀，真是費了我一番力氣呢。」

「我想也是。要說服其他人一定很不容易吧。」

「嗯，就是啊。畢竟，除了我以外，大家都覺得應該判無罪呢……」

「咦？」

「其中一個人，先主張被告是無辜的。那個男人，頭腦真的很清楚呢。受到他的意見影響，其他人也都開始認為被告應該是無罪的。」

「這到底是怎麼回事？」

「根據那男人的說法……喏，辯護方的證人中，不是有個被告的好朋友嗎？他說那個人的嫌疑更大。被告是為了保護朋友才幫他頂罪的。因為被告的那個好朋友，孩子就快要出生了。而孩子一出生就沒有父親實在太可憐了。加上被告沒有父親，又認為自己的人生沒有什麼值得牽掛，所以才會替朋友頂罪。簡直就像連續劇呢！的確，這麼一想的話，很多地方就說得通了呢。」

經理查一說，好像的確是這樣沒錯。為什麼之前都沒有注意到呢？

一定是因為亞當斯打從一開始就認為被告是凶手，從來沒有真正相信過他吧。

但是，他現在非常確定。被告肯定是無辜的！

「不過，已經不用擔心了！」

理查斬釘截鐵地說。

「我還是把心一橫，努力說服了陪審團的所有人。被告絕對是凶手。只是遭遇有一些值得同情的地方。畢竟，我們已經說好了嘛。一定要讓判決結果變成『二十年有期徒刑』啊！」

漂亮完成任務的理查，露出一臉得意的表情。

原著：西洋小品故事　改編：桑畑絹子

警察與讚美詩

這裡是紐約。一個名叫蘇比的男人，跟平常一樣躺在同一張長椅上，像毛毛蟲一樣蠕動身體。當蘇比躺在公園裡的那張長椅上蠕動時，就代表冬天快要來了。

蘇比感覺自己必須開始進行過冬準備。不過，對於過冬計畫他並沒有什麼特別的期待。他不需要地中海郵輪之旅，也不需要拿坡里灣上空的晴朗藍天。在河岸東邊的布萊克威爾島上有座監獄。蘇比的計畫是在那座監獄待上三個月。因為監獄裡有食物還有床鋪，以及能聊天的對象。在島上的三個月，他不需要擔心寒冷的北風，也不需要擔心會來驅趕他的警察。

蘇比已經不曉得在布萊克威爾島監獄度過了幾個冬天。每年冬天，富裕的紐約客們都會買機票飛到棕櫚灘或里維埃拉度假，而蘇比則會在「島」上快活地享受。

昨晚，蘇比用了三份報紙，分別放在大衣下面、腳踝周圍和包住膝蓋，藉以禦寒。

然而，即使如此還是冷得受不了。蘇比因此明白冬天到了。於是，他開始思考要如何回到「島」上。他知道幾個可以輕鬆進入「島」上的方法。其中最理想的方法就是找間高級餐廳大吃一頓，然後說自己沒錢付，讓店家直接把自己交給警察。

蘇比跳下長椅，徒步走到百老匯大道與第五街的十字路口，然後在有提供最高級的紅酒與美食的咖啡廳前停下腳步。他刮了鬍子，穿著乾淨的上衣，還繫上一條黑色的領帶。接著只要能成功走到餐桌前坐下，露出打扮得宜的上半身，服務生應該就不會起疑了。今天說不定能吃到烤鴨。然後再叫一瓶高級紅酒。如此一來就能飽餐一頓，帶著幸福的心情到「島」上度假了吧。

然而，蘇比才剛踏進餐廳的大門，便立刻被服務生領班看到他破爛的褲子與老舊的鞋子。領班用強而有力的手抓住蘇比，扭著他往回走，把他趕出了店門。

看來，似乎是沒辦法靠吃霸王餐輕鬆到「島」上去了。

在第六街的角落，有間點著燈，櫥窗內展示了許多漂亮商品的店。打破那間店的玻璃櫥窗也是一種方法。於是蘇比在路邊撿了顆石頭，用力扔向玻璃。警察立刻從街角跑了過來。蘇比把雙手插在口袋裡，笑嘻嘻地站在原地等他。

「犯人跑到哪裡去了？」

警察氣勢逼人地詢問蘇比。

「說不定犯人就是我啊？」

蘇比一邊心想自己運氣真好，一邊告訴警察。

但警察卻沒有懷疑蘇比。他認為砸破玻璃的人一定早就逃跑了。這時警察看到一個追著路面電車想要跳上車的男人，便拔出警棍追了上去。蘇比又失敗了。

再來試試看用「擾亂秩序的行為」被捕吧。蘇比走到大馬路上，開始像醉漢一樣大聲嚷嚷。他一下手舞足蹈、一下大喊大叫，引來一陣騷動。

路人連忙報警。結果警察見狀卻收起了警棍，轉過身背對著蘇比，告訴站在一旁的路人：

「他是在慶祝球賽勝利的耶魯大學學生。雖然很吵，但不是危險人物。上頭指示任由他去就行了。」

聽到警察的這番話，蘇比放棄了使用擾亂社會秩序這個手段。他開始覺得到「島」上過冬，似乎是個遙不可及的夢想。為了抵擋吹拂身體的陣陣寒風，蘇比扣上單薄上衣的鈕子。

這時，他在賣菸的小店裡，看到了一個西裝革履的男人正點著雪茄。男人的絲綢製高級傘就放在店門旁。於是蘇比走進店內，拿了傘便悠哉地走出店外。那個抽雪茄的男人隨即追了上來。

「那是我的傘。」男人生氣地說。

「哦，是嗎？不然你去報警啊！」

「原來是你的傘嗎？真、真不好意思。可能是今天早上，我離開餐廳的時候拿錯傘了……」

「這當然是我的傘啊。」

蘇比不屑地罵道。

看樣子，那個男人並不是這支傘真正的主人。於是那個男人就這樣離去了。

又過了一會兒，蘇比來到位於曼哈頓東區的大道上。這是個沒有霓虹燈閃爍，也沒有任何工程在施工的地區。蘇比的目的地是麥迪遜廣場花園。即便他的家只是公園裡的一張長椅，他憑感覺就知道該怎麼走回家。

然而，當蘇比經過城區的寧靜一角時，忽地停下腳步。那裡有間古老的教堂。紫色的彩繪玻璃透出柔和的燈光，隱約可以聽見優美的風琴聲。大概是在練習星期天做禮拜要唱的聖歌吧。那風琴的演奏實在太過悅耳動人，令蘇比不由得在教堂的鐵欄杆前停下腳步。

明月高掛在天空。路上幾乎沒有行人和往來的車輛。有幾隻麻雀正在叫。有那麼一會兒，蘇比感覺自己彷彿身在鄉村的教堂。他靠在鐵欄杆前，聆聽著風琴演奏的聖歌。那是他以前聽過的曲子。當時，他的人生還是彩色的，有母親、朋友的陪伴，心思單純的他，對未來懷抱著希望，而且穿著有領子的襯衫。

蘇比平靜率直的心境，與老教堂的氣氛融成一氣，使蘇比的靈魂突然有了巨大的轉變。他回首自己的人生。想到自己所落入的深淵、至今度過的那些可怕生活，邪惡的欲望、破碎的希望、被浪費的才能……。

然後，他突然產生一種強烈的想法，想要改變自己所面臨的悲慘現狀，脫離這個泥沼。他想重新找回自己，戰勝毀掉了自己人生的邪惡心靈。他還有時間。也還算年輕。他要找回自己的初心，不畏挫折努力向上。風琴彈奏出的莊嚴又溫柔的聖歌，在他的心裡引發了革命。

明天就到城裡去找份正經的工作吧。曾有個皮草進口商說，願意給自己一份卡車司機的工作。明天就去找他，拜託他看看吧。我要成為一個正直的人。一定要……。

就在這時，蘇比突然覺得有人抓住了他的手臂。他慌張地回頭，只見眼前是一張警察的大臉。

「你在這裡幹什麼？」

「沒幹嘛。」

「最近這一帶發生了竊盜案。犯人不會就是你吧？跟我到警察局走一趟。」

警察說。

「在布萊克威爾島監獄關三個月。」

隔天早上，法院的法官如此對蘇比宣判。

原著：歐．亨利《警察與讚美詩》改編：桃戶　晴

美女或老虎

在某個國家，國王擁有絕對的權力。沒有人可以違抗國王的意思，一旦國王決定了某件事，就絕不允許任何人提出異議。

在這個國家的正中央，設有一座巨大的競技場。那是一座可以容納眾多觀眾的圓形競技場。然而，這座競技場的用途不是讓身穿盔甲的戰士們鬥技，而是這個國家的「法庭」。

在這個國家犯罪的人，無一例外，都會被送到這座競技場上。競技場內有兩扇門，被告必須從兩扇門中選擇一扇，然後親手打開它。

其中一扇門後面，關著一頭凶暴、殘忍，而且飢腸轆轆的老虎。選中這扇門的人，全都會在一瞬間被老虎撕得四分五裂。

而另一扇門的後面，則有一位女性。她是國王親自從家世良好的臣子中選出，與被告的地位和年齡最相襯的女性。

選中老虎之門的人就是有罪。而選中美女之門的人則是無罪。這就是這個國家的審判方法。有罪的人會當場被老虎的尖牙活活咬死；無罪的人則可獲得與門後的女性結婚的獎勵。不論那個人是否已有妻兒或戀人都一樣，因為國王的命令就是唯一。選中女人的話，在場外待命的神父、唱詩班與少女舞蹈團就會馬上進場。在國王與觀眾的見證下舉行結婚儀式，讓無罪的男人在漫天花瓣飛舞和孩童的引導下，帶著新娘回家。

由犯人自己選一扇門，決定自己有罪還是無罪的制度，非常受到國民喜愛。因為大家都認為由被問罪的人親自決定自己的命運，是非常公平的制度。而前來觀賞審判的民眾，在罪人把門打開之前，也都不知道自己是會成為血腥虐殺的目擊者，還是一場盛大婚禮的見證人。這一點，正是這種審判制度大受歡迎的原因。

這個國家的國王，有個非常美麗的女兒。公主跟這位國王一樣，個性十分剛烈，而她愛上了一位家臣。公主熱情如火地深愛著這個比任何人都要英俊勇敢的男人。

然而有一天，國王發現了自己心愛的女兒與身分低微的家臣相戀的事。國王立刻下令逮捕家臣，把他關入大牢，安排讓他在競技場接受審判。

為了審判那名家臣，國王特地命人準備了一頭王國內最大、最凶暴嗜血的老虎。另一方面，國王也挑選了一名地位和年齡皆與那位家臣很相襯的女孩子。

審判的日子終於到來。全國的人民都前來觀賞審判，競技場內人山人海。國王和公主與家臣們，在一直以來的位子——兩扇門正對面的特等席坐下。分毫不差地正對著那兩扇幾乎一模一樣的門。

準備就緒。司儀點燃響砲。位於王族座位正下方的大門開啟，公主的戀人穿過大門走入競技場。男人的身材修長，五官有如雕塑般俊美。他的登場，令看台上的觀眾紛紛驚呼。

「我們國家，居然有這麼俊美的男子……」

「難怪公主會愛上他。」

大家交頭接耳，談論的都是同一件事。

這麼俊美的男子居然必須站在這座競技場上，真是太悲慘了。

走入競技場的青年，依照禮俗轉身對國王行禮。然而，青年的目光卻完全集中在坐在國王右手邊、自己心愛的公主身上。

其實，公主為了這天的審判，早已偷偷查到一個祕密。她知道老虎被關在哪扇門的後面。那兩扇厚重的門內，垂掛著好幾層毛皮製成的簾幕，讓外面的人無法聽見門內的任何聲音，也感覺不到任何動靜。原本，應該沒有任何人知道哪扇門的後面關著老虎或美女。然而，公主利用自己的權力和財富，使盡一切手段，終於查到了這個祕密。

而且，公主不僅知道老虎被關在哪扇門的後面，還知道另一扇門內的女性是誰。在另一扇門後面的，正是王宮裡最美麗且惹人憐愛的女孩子。

公主曾經好幾次看到那個美麗的女孩，用充滿愛慕的眼神看著自己的戀人。甚至還看過兩人親密地交談。雖然不曉得他們交談的內容，但因為這件事，公主非常憎恨那個女孩。

另一方面，站在競技場中央的青年也熟知公主的性格，以及她的行動力。

「如果是她的話，應該會設法調查門後面的情況。」

他確信，對全國上下保密至極，甚至連國王本人都不知道的那個祕密，如果是公主的話，一定查得出來。青年活命的唯一希望，就寄託在公主是否已查出門後的祕密，而與公主四目相交的瞬間，他便明白公主成功了。

因為兩人是真心相愛，所以只需一瞬間的眼神交流。青年用眼神詢問公主：

「是哪邊？」

直到這一刻，公主仍然苦惱不已。當然，她不想看到自己心愛的男人被老虎咬死的畫面。

可是，看到自己心愛的男人與那個美麗的女孩結合，讓她更難以忍受。

到底應該讓他打開哪一扇門，公主始終無法下定決心。而現在，自己心愛的人正在競技場的中央看著自己。從他的眼神，公主感覺得到，他已經看出自己知道門後的祕密，正在向自己尋求答案。於是，公主下定決心。

公主舉起放在椅子扶手上的右手，若無其事地把頭髮撥到右耳後面。

青年的內心一陣狂喜。他毫不猶豫地走向右邊的門。然後，青年伸出手，用力拉開那個決定自己命運的門。

在那扇門後面的，究竟是美女，還是老虎呢……。

原著：法蘭克・R・史達柯頓《美女還是老虎？》改編：小林良介

失竊的信

他的名字叫做奧古斯特．杜邦。奧古斯特是名門貴族——儘管如今已經沒落——他目前是私家偵探。住在郊區一間古老的洋館。

擔任警察局長的G，與杜邦是結識多年的朋友。每當G遇到無法解決的案件就會來到這間洋館，拜託杜邦幫忙。

「這次的案件，麻煩你不要告訴任何人。」

那天晚上，走投無路的G局長又來到杜邦的家。據他所言，這次的案件其實已經查出了犯人是誰。然而，耗費整整三個月進行搜查卻還是沒有任何進展，找不到能定罪的證據。

然後，G局長開始娓娓道出這起奇妙的案件。

某位大臣，偷了一位權貴人士的信。而那封信，據信應該就藏在那個大臣的家裡。幸運的是，那位大臣經常出外不在家中，所以警方有很多機會可以進去搜查。於是G局長召集屬下，仔細地搜索了大臣的住家。

從櫥櫃、書桌，以及家裡的所有抽屜，甚至是椅子的坐墊下方到床底都沒有遺漏，警方進行了所謂的地毯式搜索。屋中的所有家具都被拆裝重組，地毯整個被掀起，壁紙也被撕下重貼，就連抱枕都用長針插入仔細檢查了一遍。為了不被大臣發現警方曾進去搜查，警方的一切行動都非常小心，花了三個月的時間，不留半點痕跡地想要找出那封失竊的信。警方以兩平方英吋為單位，將大臣的房子分成許多個小區塊，每查完一區就塗掉。然而，卻始終找不到那封信。

「我們真的是束手無策了。那封信到底被他藏在哪裡啊……」

聽到G局長無奈的嘆息，杜邦問道：

「他會不會把信隨身帶著呢？」

G局長回答：

「其實，雖然這種方法是違法的，但我們也曾讓人偽裝成強盜搶劫大臣，趁機搜了他的身。結果還是沒發現。」

看來警察也被逼到狗急跳牆了。杜邦聽完後感到相當傻眼，接著又問道：

「那他會不會不是藏在家裡，而是放在別的地方呢？」

G局長搖了搖頭，一邊嘆氣一邊回答：

「我們也查了隔壁的兩間房子，以及所有大臣可能會去的地方，但同樣沒有找到。我想，那封信最有可能還放在他家裡的某處……」

聽到這裡，杜邦建議G局長：

「看來只能更仔細地再搜查一遍他的住家了。」

失竊信件的主人是這個國家的王妃。王妃與王宮內的一名年輕護衛之間，有著不可告人的關係。身為國王的妃子，這是絕對不能饒恕的事情，也是不能被任何人知道的祕密。由於王妃能與愛人相會的時間很有限，因此兩人平常都透過情書往來，悄悄孕育著這份祕密戀情。

有一天，當王妃正在自己的房間內，讀著愛人剛寄來的情書時，國王突然出現了。

幸好國王並沒有什麼重要的事，王妃鬆了口氣，不著痕跡地把信直接放在桌上。為了不讓人看到信的內容，她小心翼翼地讓寫有自己名字的那面朝上。

但就在那時，大臣為了向國王報告國政，也來到了王妃的房間。大臣是個非常狡猾的男人，而且經常與王妃意見相左。那時候，大臣注意到王妃的桌上擺著一封筆跡陌生的信。

「那麼，麻煩陛下在這份文件上簽名。」

大臣說著，將手上的文件放到桌上，然後若無其事地把那封信塞進自己的懷中。王妃雖然看見了那一幕，但當著國王的面，沒辦法立刻阻止。

就這樣，王妃不可告人的祕密被大臣知道了。

然後，大臣藉此在宮廷內掌握了強大的權力。雖然他沒有直接威脅王妃，但被抓住弱點的王妃，再也無法反對大臣的意見。

走投無路的王妃只好命令G局長嚴守這個祕密，尋求警方的協助。

「我明白了。我會在不被大臣發現的情況下，徹底搜查他的住處。」

G局長答應了王妃。在那之後的三個月，警方搜索了大臣的住處和所有想得到的地方，卻還是沒有半點成果。

隨後G局長依照杜邦的建議，更加仔細地搜了一遍大臣的住處，但依舊沒有找到那封信。王妃甚至祭出懸賞，答應只要找回那封信，就給找到的人鉅額的獎金，但G局長就算想拿也拿不到。

「唉，真的只能舉雙手投降了。」

G局長再次來找杜邦，一副束手無策的模樣。

但這一次，杜邦卻說出意想不到的話。

「局長，請你在這張支票上簽名。只要你答應的話，那封失竊的信，我保證現在就替你找回來。」

杜邦拿出的是一張寫著懸賞金額的支票。儘管G局長半信半疑，但還是緊抓著最後一根浮草，在支票上簽了名。結果，杜邦突然從懷裡掏出某樣東西遞給局長。

「怎麼可能，為什麼會在你手裡……！」

那正是王妃失竊的信。不會錯的，這就是大臣從王妃的桌上偷走的那封情書。G局長連忙詢問杜邦是如何拿到的，於是杜邦侃侃道出真相。

原來那天聽完G局長的描述後，隔天這位偵探便造訪了大臣的家。然後杜邦趁機看了一下掛在大臣家牆上的收信架，在裡面發現了一封跟王妃失竊的信有點類似、皺巴巴的信。

不過，杜邦推測這就是那封信。

於是，隔天杜邦以前一天有東西忘在大臣家為藉口，再次來到大臣的宅邸，並事先交代屬下，在大臣的家門前開槍製造騷動，而他則趁亂用預先準備好的偽造信件與真的信件掉包。

G局長聽完杜邦的話，仍然有些難以置信。

「竟然有這種事，我們找了那麼久都找不到的信，原來打從一開始就放在收信架裡面……」

杜邦一邊仔細把支票收進懷裡，一邊告訴G局長：

「大臣應該是認為，最危險的地方反而是最安全的地方。不是有句俗話說，『藏木於林』嗎？」

原著：愛倫・坡《失竊的信》改編：小林良介

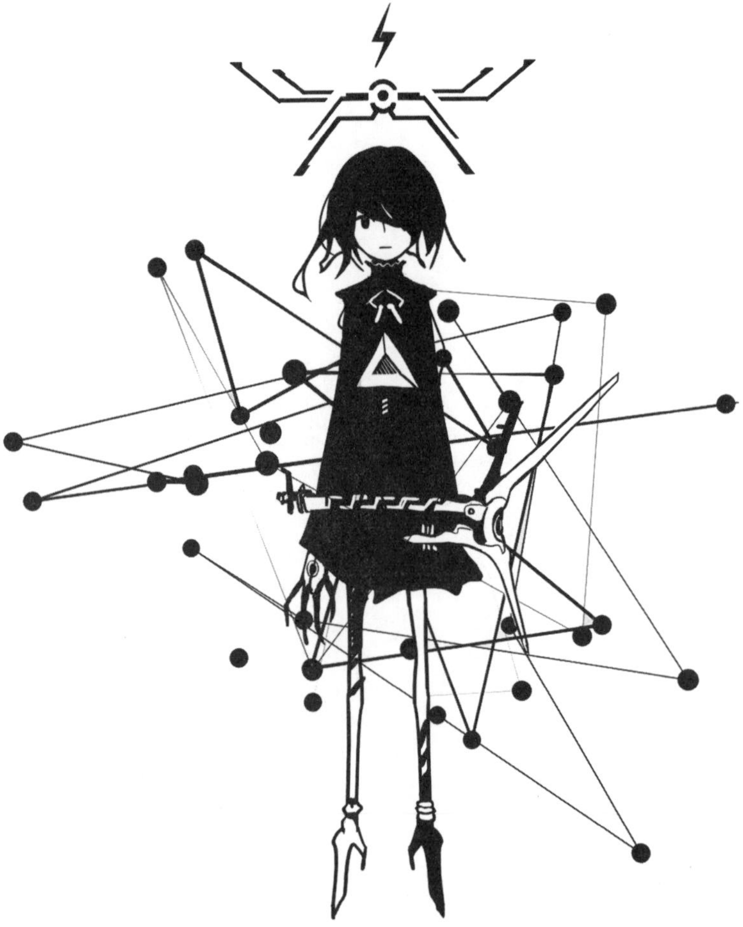

瘦男人的下落

在某片大陸上，有個小國家。那個國家原本實施民主制度，每五年舉行一次總統選舉，政治也相當穩定。然而就在某一天，對當時政權心懷不滿的軍人發動政變，攻占了總統府。然後，軍隊領袖沒有經過選舉，自行宣布就任為總統，並以「穩定政局」為由在全國實施戒嚴，把所有的權力都握在自己手中。

從此以後，總統的決策和命令成為唯一。只要總統點頭同意，無論多麼荒唐無稽的行為都是「合法的」；一旦總統搖頭，無論多麼公正合理的事都是「違法的」。

國會遭到解散，總統擴權的「戒嚴」持續了十年以上。國民起初都對總統的專橫霸權十分憤怒，並大聲表達心中的不滿。然而，那些公然批評總統的人，卻一個接著一個都失蹤了。

於是國民們只好乖乖聽話。隨著獨裁政權的體制逐漸穩固，總統開始展開遊說。他親自巡迴各地，試圖感化國民，同時順便確認各地是否還有與自己作對的人。

總統的演講流程，幾乎每次都一模一樣。每來到一個村莊，總統便會命令軍人把村民們集合到廣場。然後當著眾人的面，告訴他們自己實行的政策有多麼優秀，只要追隨自己就能安心地過生活。然後在演講的最後，總統總是會詢問所有的村民：「有沒有什麼問題？」

被允許對總統提問的，只有那些事先安插好的人。村民們都十分擔心如果問了不合宜的問題觸怒總統，就會受到嚴厲的懲罰，所以全都變得畏縮、不敢提問。見到這副情景，總統感到非常滿意。

然而有一天，總統造訪了某個小村莊。當他跟平常一樣，在演講的最後詢問「有沒有什麼問題」時，終於有人問了一個真正的問題。

「我有個問題想請教總統！」

一個清晰響亮的聲音從人群中響起，有人把手舉了起來。總統點點頭後，提問者從人群中起立。那個人的年紀大約四十五歲。他的體型非常瘦小，感覺就像是營養不良，但他那張閃爍著銳利目光的臉，只要見過一次，任誰都無法忘記。

總統被勾起了好奇心，盯著那個男人。而男人也直視總統的眼睛，用堅定的語氣提出問題。

「請問總統，這個國家的言論自由到哪去了？」

「…………」

總統一句話也答不出來。於是他選擇無視男人的存在，轉頭望向其他的村民，繼續問道：「有什麼問題嗎？」村民們依舊低著頭，嘴巴就像被上了鎖似的，緊緊地閉著。

儘管發生了這次的事件，總統依然繼續他的巡迴之旅。今天到東方，明天去西方，就這樣一天也沒有休息，造訪了一個又一個村莊。然後，隨著日子一天天過去，總統的內心愈來愈焦慮。他對演講行程本身並沒有什麼不滿。總統的壓力是來自於其他原因。

每到一個新的村莊，他都會出現。那個身材瘦小，目光銳利的男人。

而且每當總統結束演講，詢問台下「有沒有什麼問題」時，那個男人都會起身，詢問總統「這個國家的言論自由到哪去了」，然後，總統每次都選擇無視那個男人的存在與提問。

總統真希望那個瘦男人從自己眼前，也從人們的記憶中消失。他命令護衛不要讓那個瘦男人進入會場，然而那男人總是能在神不知鬼不覺之中潛入演講會場。那個瘦男人的存在，漸漸在國內成為話題，最近甚至有人不是為了聽總統的演講，而是為了來看那個男人。那個瘦男人替所有人說出了不敢說出口的話。在國民的心中，有某種東西正在萌芽。

然後，就在遊說活動開始一個月後。這天總統又來到某個村莊，像平常一樣結束了演講，並詢問台下「有沒有什麼問題」。在場的民眾，全都在等待那個瘦男人像平常一樣起身，詢問總統「這個國家的言論自由到哪去了」。

然而等了又等，大家依然沒有聽到那個眾所期盼的聲音。村民們紛紛轉頭尋找那個瘦男人的蹤影，並開始你一言我一語地交頭接耳起來。最後，其中一位村民終於戰戰兢兢地舉起了手。

「總統，不好意思，我有一個問題。」

「什麼問題？」

「請問一下，平常那個老是在問言論自由的瘦男人，到哪去了呢？今天好像沒有看到他……」

「我怎麼會知道呢。」

說完這句話後，總統再也沒有任何回應。看到村民們一下子恢復安靜，總統滿意地笑了笑。看到總統的笑容，村民們紛紛感到背脊發涼。而與此同時，還有一股類似憤怒的情緒在心中升起。

演講結束後，總統丟下愣在原地的村民，離開了村莊。此時遠方的山丘上，有個男人正看著這一切。

「唉，這麼一來，大家總算能夠回想起獨裁的恐怖了吧。總之，算是成功埋下了種子。」

男人說完後，聳聳瘦弱的肩膀，離開了山丘。

原著：西洋小品故事　改編：麻希一樹

財富的分配

某天，一個男人來到了大富翁的家。他是一個樣貌平凡，沒有什麼特別的男人。中等身高，有著即使與之擦肩而過，也會在數秒內忘記他長相的五官。儘管這個男人的存在感如此薄弱，但他還是有一個引人注目的地方。那就是他身上穿的T恤，上面寫著鮮紅的「平等」兩個大字。

大富翁的家，位於一處面海的高級住宅區。在這一連串的豪宅中，也是占地面積最大的一棟，從大門進入庭院之後，得走好幾分鐘才能到達玄關。

男人遠遠地瞪著那棟豪宅，站在必須抬頭仰望才能看到頂端的鐵柵欄外，竭盡全力大叫：

「里奇，快出來見我！」

從這麼遠的地方呼喊，住在大宅裡的大富翁里奇不可能聽得見。當然，男人也沒有事先預約會面時間。他的喊叫聲劃破了夏季的天空，驚動宅邸裡的保全衝出來制伏他。換做平常的話，像男人這樣的人都會被保全趕走。然而，今天卻有點不一樣。那天剛好待在家裡的里奇，從監視器畫面上看到了男人，突然興起了好奇心。

「真是個奇怪的傢伙。穿著那麼古怪的T恤。」

那個男人，到底想跟自己說什麼呢？T恤上的「平等」二字，到底是什麼意思呢？里奇突然想聽聽看男子的訴求，便叫管家把男人帶來見他。

被帶到會客室的男人，在管家的接待下，在一張皮沙發上坐下。然而沒想到才剛坐下去，男人的身體便被從未體驗過的柔軟觸感吸了進去，嚇得他連忙將身體往前移動一下。剛好就在這時，里奇走了進來。男人迅速挺直背脊，站起身來。里奇被男人有如木偶般僵硬的動作嚇了一跳，不禁瞪大眼睛。沒想到男人一見到他，便立刻指著他的鼻子大聲叫道：

「終於見到你了，你這個小偷！」

「……咦？」

里奇不明所以，忍不住眨了眨眼。然而，他沒有生氣，反而冷靜地告訴男人：

「我這一生中，可從來沒有偷過任何東西喔！」

「胡說！這間房子裡的所有東西，都是你從窮人的手裡偷來的！」

「……這是什麼意思？我不曉得你是從哪裡聽來的，不過你有什麼證據，可以證明我偷過窮人的錢了？」

里奇不慌不亂地回答，卻毫不掩飾地皺起眉頭。男人聽了則深深嘆了口氣，然後正面看著里奇的臉，開始一五一十地解釋。

「你知道嗎？每天在工廠辛勤工作的勞工，一個小時可以領到的薪資，最多也只有十美金。然而，你又如何呢？你們這些資本家，只是成天舒服地坐在椅子上，對勞工指手畫腳，一個小時就能賺超過一萬美金！這樣的世界，絕對是錯誤的！」

剛開始說話還有點拘謹的男人，說著說著，似乎逐漸無法壓抑心中的怒氣。因為太過激動，男人指著里奇的手指不禁微微顫抖。

而里奇似乎也被男人的憤怒嚇到，臉上的不耐煩逐漸消失。不僅如此，里奇似乎也接受了男人的說法，摸了摸下巴，低喃了一聲「原來如此」。

「換句話說，你是一個平等主義者對吧？」

「沒錯。一小部分的人獨占世界上大部分的財富，這是不公平的。必須立刻採取行動，讓所有人都能公平地分配財富！」

「公平分配嗎……。的確，你說得也不是沒有道理。」

或許是因為看到里奇被說服而產生了自信，男人的嘴角泛起笑容。另一方面，里奇輕輕嘆了口氣後，緩緩從錢包裡掏出一張五美元的鈔票，交給男子。

「你拿去吧。」

男人見狀，臉上的笑容頓時消失，一張臉因憤怒而漲紅。

「這是什麼意思？你在愚弄我嗎？你想用這點錢打發我嗎!?」

「不不不，這是你應得的份啊。」

里奇說完，大聲叫來管家。大概是原本就守在門外待命，只見管家旋即進入房內。

「老爺，請問有何吩咐？」

「塞巴斯汀，我問你一個問題。現在，我個人的總資產有多少？」

管家聞言突然停止動作，似乎是在進行心算。過了幾秒後，他清楚地回答：

「到昨晚為止，包括不動產和金銀首飾在內，大約是三百六十億美元。」

「那麼，世界的總人口有多少？」

「粗估七十二億人。」

「對吧。」

聽完管家的回答，里奇滿意地點點頭，然後再次面向男人。

「你也聽到了。把我的個人資產除以世界人口，每個人可以分到的份，大約是五塊美金。所以我把你的份給你，以後再也別出現在我面前了！」

原本語氣一直很平靜的里奇突然大聲咆哮，讓男人不禁呆愣在原地，手裡握著那張五塊美金的鈔票，說不出半句話來。

然後保全再次跑了過來，將男人拖走。

原著：西洋小品故事　改編：麻希一樹

探病

「我老公……我老公他、不好了！」

因為一通突如其來的電話，我立刻放下手邊的工作，火速地趕往醫院。打電話來的人，是我的好友哈里斯的妻子。哈里斯是我從小學開始就認識的好友，而剛才打電話來的哈里斯的妻子瑪莉，從他們兩人還在交往時我就認識她了。他們兩個人結婚的時候，一向不擅長在眾人面前說話的我，還特地在婚禮上發表了感言。因為我是打從心底祝福他們。

我與哈里斯認識已經超過了三十年。儘管彼此都老大不小了，但我們的友情卻從未改變。所以深知這點的瑪莉，才會在哈里斯遇到事故的時候，第一時間打電話通知我。說不定，這會是我與哈里斯最後一次見面。我有不祥的預感。

我驅車趕到位於郊區的醫院時，距離接到電話已經過了兩個小時。我告訴櫃檯自己是來探望哈里斯後，護理師立刻告訴我病房的位置。

我匆匆忙忙地跑到病房，在病房內見到了躺在病床上的哈里斯，以及緊緊握著他的手的瑪莉。

「……怎麼樣了？他的情況如何？」

我詢問瑪莉。然後她一邊擦去眼淚，一邊回答：

「醫生說手術很順利，應該沒有生命危險了。雖然現在還沒清醒，但已經脫離危險期了。」

只見哈里斯的身上到處都插滿了管子。手臂上吊著點滴，嘴上戴著氧氣罩，棉被底下還露出一條連接到心電圖的電線。總而言之，聽到他總算保住了性命，我不禁鬆了一口氣。

「對了，妳通知妳兒子了嗎？」

哈里斯有個剛上大學的兒子。沒記錯的話，他應該是在其他州的大學就讀，所以就算收到通知，大概也沒辦法馬上趕回來。

「嗯，他說今天就會買機票，明天應該就能回來。」

而就在這個時候。

「唔……、咕……」

一臉痛苦、緊閉著雙眼的哈里斯，似乎總算清醒了。他緩緩地睜開眼睛。

「嘿，兄弟，是我啊。你認得我嗎？」

「老公，已經沒事了。老公！」

哈里斯來回看了看分別站在病床左右兩側的妻子和我後，似乎逐漸回想起自己發生了什麼事。然而，因為全身都插著管子，哈里斯好像還無法順利地說話。

「真慘呢……。不過，遇到這麼嚴重的事故還能活下來，你真是個福大命大的傢伙呢。」

我半開玩笑地說，哈里斯聽了微微一笑。見到那模樣，瑪莉嘴裡說著「太好了」，同時眼角泛著淚光。

「事故的處理和申請保險理賠的手續交給我就行了，你好好休息吧。」

我告訴他。哈里斯輕輕點頭，彷彿在說「謝了」。遇到這麼重大的變故，我必須盡力幫助他們夫妻倆才行。只要是我能力所及，不論什麼事情都要盡量提供協助，我暗自心想。

「對了，你兒子明天好像也會過來看你。」

聽到這句話，哈里斯忽地露出既喜悅又難過的表情。他大概是對能見到許久未見的兒子感到高興，但又對讓他千里迢迢跑回來看自己而感到不捨。認識這麼多年了。只要看他的表情，我就能知道他在想什麼。

「別想太多了，看到孩子的臉，才會痊癒得更快啊。」

我靠近哈里斯，用力握住他的手。但，就在那時——。

「嗚、咕嗚！」

哈里斯的表情突然驟變。

「怎麼了！哈里斯，你怎麼了！」

瑪莉急忙衝出病房，前去護理站呼叫護理師。而我則在哈里斯的耳邊不斷呼喊他的名字。

「哈里斯！振作點，哈里斯！」

哈里斯一臉痛苦，拚命扭動無法動彈的身體。

「喂，到底出了什麼事？別勉強自己啊！」

然而哈里斯依舊不停掙扎，想要伸出手。

就在這時，我發現床邊的桌上放著一套筆談用的便條紙和原子筆。哈里斯似乎想要對我說什麼。或許是因為知道自己命不久矣。

「喂，如果你有什麼話要告訴瑪莉和你兒子，就寫在這張紙上。我會幫你交給他們的。」

我把紙筆拿給哈里斯後，只見他一臉痛苦，拚命地寫下文字。他的氣息很微弱，握著筆的手不停顫抖。

「不，已經夠了，別再勉強了！」

我想抽走便條紙，但哈里斯卻拚命地寫。看來他似乎有什麼很重要的事，非得告訴自己的家人。而我除了呼喊他的名字之外，完全無能為力。

當瑪莉帶著護理師趕回病房的時候，寫完遺言的哈里斯忽然全身癱軟，就這樣離開了人世。

那天晚上，我陪著瑪莉在醫院地下樓層的太平間過了一晚。總不能把因為心愛的丈夫離世而哭乾眼淚的瑪莉獨自留在那裡。我決定在兩人的兒子趕回來前，先暫時留下來陪她。

隔天一早，哈里斯的兒子終於趕到醫院，見到了父親冰冷的遺體。

哈里斯的兒子前一天才聽說「手術很成功」，現在或許仍無法相信自己的父親竟突然離去，只能呆呆地站在哈里斯的遺體前。

這時我把手伸進口袋，突然感覺碰到了什麼東西。然後我才忽地想起來，哈里斯死前寫的那張便條紙，還被我收在口袋裡。在護理師趕來後，病房陷入一團混亂，根本沒時間交給瑪莉。對了，那上面應該寫著哈里斯最後的遺言才對。於是我抓起哈里斯兒子的手，把被揉成一團的便條紙放在他手上。

「我問哈里斯有沒有話要告訴你，然後他在斷氣前寫下了這個。他好像有什麼很重要的事想對你說。」

於是，哈里斯的兒子緩緩打開便條紙，看了一眼後，便將便條紙拿到我的跟前。

「咦，這是寫給我的嗎？」

只見哈里斯的兒子拿到我跟前的那張便條紙上，用顫抖的筆跡寫著一行字。

探病

「你踩到氧氣管了。快把腳移開。」

原著：西洋小品故事　改編：小林良介

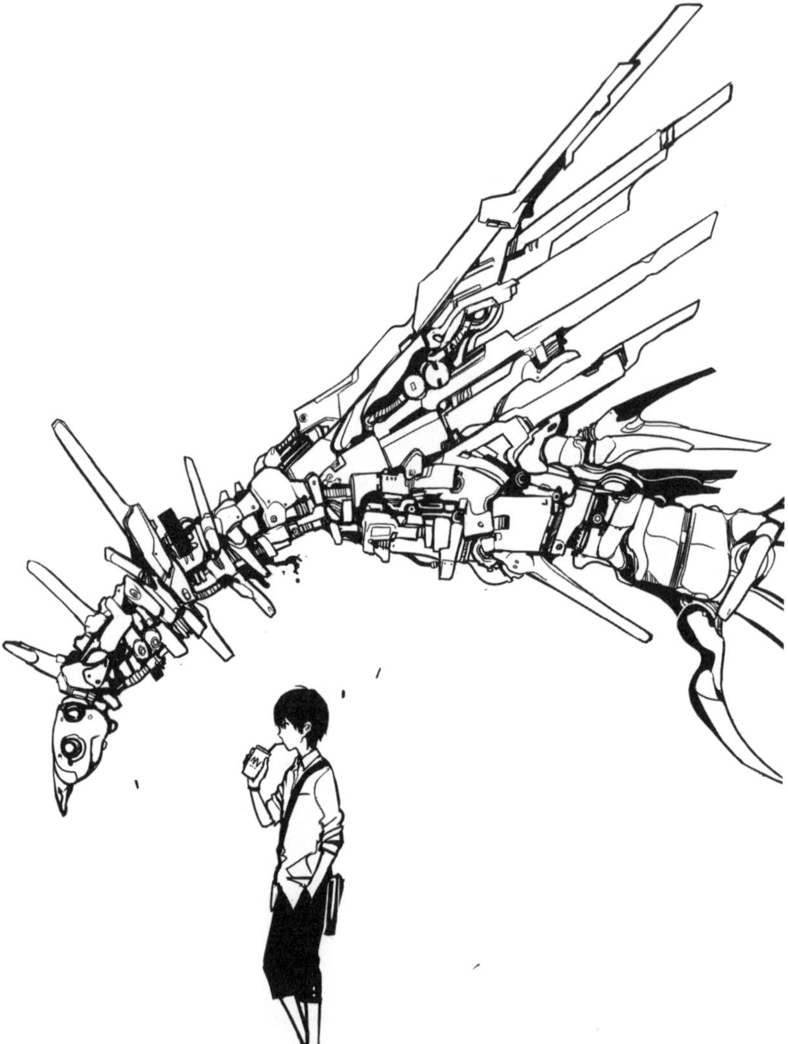

給審判長的禮物

A公司因為侵害其他公司的產品專利，遭到控告。控告A公司的，是A公司的競爭對手B公司。然而，A公司卻認為B公司侵犯了自己的專利權，也反過來控告B公司。

於是兩間公司對簿公堂，交由法院來判斷究竟是誰侵犯了誰的專利。

要是打輸官司，就必須支付賠償金給對方。考慮到這項產品的鉅額營收，賠償金額恐怕也會是天文數字。而且對這兩間公司而言，運用了這項技術的商品都是公司的營收主力，因此這場官司對兩間公司來說，都是賭上公司存亡的戰爭。

兩間公司都分別聘請了實力堅強的律師團，想打贏這場重要的官司。然而，兩邊的律師團皆認為，雙方各有五成的勝算。

「……那，您覺得如何？我們會獲勝嗎？」

A公司的負責人在法院做出最後判決的幾天前，再次詢問了律師對這場官司結果的預測。

「這個嘛，最後還是得看審判長吧。老實說，我也完全無法預測那位法官會怎麼下判決。所以，大概只能看他的心情了吧。」

兩家公司都已經被逼到無路可退。這是一場絕不能輸的官司。因此聽到律師的話，A公司的負責人想到了一個點子。

「律師，不然這麼做如何？我們以感謝審判長平日辛勞的名義，送他一盒最高級的雪茄……」

律師聽了嚇一跳，急忙否決這個提議。

「千萬別那麼做！負責審理這次訴訟的審判長，對這種行為非常感冒。要是被他解讀成你在賄賂他，一定會對你們公司留下很差的印象。這樣一來必輸無疑。聽好了，千萬不要有這種想法。連在法庭上對法官微笑之類的行為，也最好不要做！」

聽完這些話，A公司的負責人放心地拍了拍胸口。

「律師，太感謝您了。謝謝您告訴我這麼重要的情報。我差點就害我們公司打輸這場官司了。」

律師也對自己及時阻止了A公司的負責人而鬆了口氣。

「總而言之，我們會全力以赴。剩下的事只能交給老天爺了。」

然後過了幾天。法院宣布了判決。

結果可說是A公司大獲全勝。得知法院的判決後，A公司的負責人握著律師的手向他道謝。

「感謝那時候您提供的建言。幸虧那天我在送雪茄前有先問過您，我們才能打贏這場官司。不，應該說是多虧了您的建議，我們才能獲勝。」

律師也為達成委託人的期望而感到開心。

「我說得沒錯吧。萬一你送了那盒雪茄，我們肯定就輸了。」

「不，那盒雪茄我後來還是送出去了喔。而且還買了最高級的雪茄。」

聽到A公司負責人的話，律師大吃了一驚。

「你說什麼？」

然後，A公司的負責人急忙伸出食指按在嘴上，壓低聲音告訴律師：

「都是多虧了那招，我們才能打贏啊。」

律師在這行待了那麼久，知道今天負責宣判的法官，素以耿直古板出名。這種人真的會收取賄賂，徇私審理案件嗎？律師感到不可思議。

「不過，既然結果是我們勝訴，那也只能接受這個事實了。真沒想到，居然會有這麼奇怪的事。」

看到律師歪著頭百思不解的模樣，A公司的負責人告訴他：

「不，會有這樣的結果一點也不奇怪呀。因為我只是在雪茄的盒子裡，放了一張B公司老闆的名片，還有一張寫著『請您多多關照』的字條而已。」

原著：西洋小品故事　改編：小林良介

醫生與律師

在一座以燈火斑斕的夜景聞名的大都會內，有一棟高級的飯店。飯店裡有座十分寬敞的宴會廳，今晚全城的社交名流都齊聚於此參加晚宴。

寬廣的空間內擺滿了桌子，潔白的桌巾上放著一個個大銀盤。銀盤上則整齊地放著各種不同的美食。飯店的職員們忙碌地穿梭於桌間。

眾多身穿西裝和晚禮服、打扮得光鮮亮麗的男女，手拿著一盤盤任意取用的料理和飲料，談笑風生。不知從何處傳出的古典樂，靜靜地在大廳中流洩。

「唷，好久不見了呢，傑克。」

聽到背後傳來的聲音，男人轉過頭，只見自己學生時代的友人哈利就站在那裡。印象中，哈利畢業後考上了律師。

「你似乎過得很不錯呢，哈利。」

被叫住的傑克是一名醫生。兩人互相寒暄了幾句後，便陷入尷尬的沉默。

傑克忽然回想起遺忘已久的學生時代的往事。他記得自己對這個叫哈利的男人並沒有什麼好感。雖然他沒有具體發生過什麼事件，但他的一言一行，總之就是很惹人厭。簡單來說，就是「小氣又愛計較」。

傑克記得以前跟哈利借過一本書，結果看完後哈利竟然說「因為你也讀過了，所以你要付我一半的書錢」。

還有一次大家一起去烤肉，本來說好平均分攤材料費，結果哈利卻堅持「我吃得比你們少，所以我應該少付一點錢」。使得氣氛瞬間凝重起來，原本快樂的烤肉也變成了「早知道就不參加」的活動。

所以當傑克從其他朋友那裡聽說哈利考上律師時，便自然而然地認為哈利八成不是那種「會幫助弱者的律師」，而是俗稱的「惡質律師」。

首先打破這尷尬氣氛的是一位中年女性。

「哎呀，大師。」

聽到大師兩個字，哈利和傑克兩人同時轉過頭去。原來對方是身為醫生的傑克所認識的人。

沒記錯的話，這位女士應該是自己以前治療過的病人的妻子，還是妹妹……傑克還來不及回想，那位女性便自顧自地跟他聊了起來。

「大師，在這裡遇到您真是太好了，我剛好有件事想請教您呢。」

「怎麼了嗎？」

傑克不好擺出冷淡的態度，只好回應。

「最近這陣子，我常常感覺全身無力、整個人都很不舒服……請問這是什麼毛病，醫生？」

那名中年女性，開始詢問有關自己身體不適的原因。雖然傑克覺得被對方絆住很麻煩，但又找不到適合的藉口離開，加上傑克的個性本來就有些軟弱，不擅長拒絕他人的傑克，只好繼續聽下去。

「而且我還常常晚上睡不著覺，不知道是不是因為這個緣故，白天也老是感覺全身發熱，渾身無力……」

傑克依然想不起那位女性叫什麼名字，而她就像是好不容易找到有人可以訴苦般，連珠炮地問個不停。

傑克耐心地一一回答她的問題。不僅如此，還告訴她保持身體健康的方法，從如何攝取均衡的營養到重新審視自己的生活習慣，傑克鉅細靡遺地教導那位女性。畢竟，傑克原本就是因為想要幫助他人才立志成為醫生的。儘管起初很不情願，但不知不覺間，傑克反而愈說愈起勁。

另一方面，在偌大的宴會廳中，沒有地方可去又找不到聊天對象的律師哈利，也只能一直待在兩人的身邊聽他們對話。他只是因為沒有移動的理由，才待在原地而已。儘管他無意偷聽那位女士和醫生之間的談話，但還是自然而然地把兩人交談的內容全部聽了進去。

然後就這樣聊了將近三十分鐘。

「哎呀，我真是的，一不小心就聊了這麼久，應該沒有造成您的困擾吧？」

那位女士說完後，醫生輕輕微笑著答道：

「不會，如果還有什麼問題的話，歡迎隨時來找我。」

「真的非常感謝您。」那位女士向醫生道謝後，總算離開了。

呼——。傑克輕輕吐了口氣，將拿在手裡的酒杯湊到嘴邊喝了一口，笑著詢問站在旁邊的哈利：

「身為一名醫生，我是不是應該對那位女士收診療費啊？」

傑克的玩笑話其實也有點在挖苦當律師的哈利，但哈利似乎沒有發現，回答道：

「嗯，你解釋得那麼清楚，理論上是有權向她收費的。」

哈利說完這段話，也剛好到了宴會結束的時間。客人們三三兩兩地離開了會場。

然後到了隔天。來到醫院上班的傑克，發現自己的桌上放著一封哈利寄來的信。昨天才剛跟哈利碰過面。難道是自己忘了什麼東西，所以他替自己寄回來嗎？不過，從信封的厚度和重量來看，裡面應該只有信紙而已。

傑克滿腹疑惑地打開信封，只見信上寫著一行字。

「法律諮詢費　一百美金（未稅）」

這張紙，毫無疑問是張請款單。

傑克試著回想昨天傍晚兩人碰面的經過。

說起來，自己好像曾經半開玩笑地問過哈利：「我是不是應該對那位女士收診療費啊？」聽在哈利的耳中，這八成也算是一種「諮詢」吧。

原著：西洋小品故事　改編：小林良介

手腕出色的男人

某天，在美國的地方法院，宣判了一件案子。那並非什麼稀有的案件。只是一名男人的竊盜案。

男人偷走的是一條亮眼的鑽石項鍊。案件發生的當晚，該戶人家的女主人隨手把項鍊放在窗邊的桌上，就去了其他的房間。案發時的季節是悶熱的初夏，項鍊的主人以為晚上不會有什麼人看到就沒去關窗，才招來了災難。女主人更衣回來後，就發現項鍊不見了。她第一時間便推測是某人從窗戶伸手把項鍊摸走的。

不幸中的大幸是，嫌犯很快就被抓到了。也就是此時坐在被告席上的這個男人。掉在案發現場的頭髮經過鑑定，DNA與男人一致。男人雖然堅稱「不是我做的」，但有這麼多證據，男人毫無疑問就是犯人。陪審團一致宣判，男人有罪。

「那麼本庭宣布審判結果。」

年老的審判長，環顧一圈聚集在法庭內的人們，準備宣讀判決書。但就在這時，坐在被告男子身旁的律師忽地舉手。

「審判長！在宣布判決前，請允許我說一句話。」

旁聽席一陣譁然。這名律師，是曾為許多一度被認為罪證確鑿的被告爭取到無罪的名律師。不僅如此，他還成功讓大家認為「活該判死刑」的罪犯得到減刑。換言之，就是大家常說的「手腕出色的律師」。法庭上的所有人，都很期待這名律師如何逆轉勝。

另一方面，審判長則揚起眉毛，看了看律師，一臉困擾的模樣。這個律師，都已經到這種時候了，到底還想說什麼呢……？老實說，他很想無視律師的要求，但最後還是清了清喉嚨，迅速恢復原本冷靜的表情，正面看著那名律師。身為審判長，不論在什麼時候，面對什麼樣的人，都絕不可以感情用事。

「本庭明白了。本庭同意你的請求。不過，請盡量簡潔。」

「謝謝。」

律師對審判長點頭道謝，然後像演話劇似地，開始用誇張的肢體動作進行論述。這就是被人們讚譽「手腕出色」的這名律師的拿手絕活。

「我明白在這種時候還請求發言非常失禮，但我無論如何都不能坐視不管。我無法坐視我的委託人，因為從來沒有做過的事而被關入監獄！」

法庭內的眾人紛紛交頭接耳起來。其中也包括感到被冒犯，表情明顯充滿不悅的陪審團成員。

「肅靜！請讓辯方律師把話說完。」

審判長感到不耐，大聲命令。聽到審判長冷靜的語氣，氣到忍不住站起來的陪審團成員紛紛坐回椅子上。看到場面恢復安靜，審判長滿意地點點頭，再次看了看律師。

「所以說，辯方律師，你為何事到如今才主張被告是無罪的呢？為什麼之前都沒有提出來？難道你找到了比DNA鑑定更可信的證據？」

「我沒有證據。但是，在審判長決定如何量刑（刑罰輕重）之前，我有句話無論如何非說不可。」

這肯定是為了減刑而做的表演。審判長的眉頭，擠出不悅的皺紋。但律師絲毫不放在心上，不知是故意無視抑或真的沒有發現，繼續理直氣壯地說下去。

「沒錯，這次的案件正如控方所言，我的委託人確實把右手伸進了窗戶，拿走了放在窗邊的那條鑽石項鍊。然而，被告的右手並不等於被告。為什麼我的委託人，必須因為一條不等於自己的手所做的行為而受到懲罰呢？」

「……原來如此，的確是有道理。」

陪審團用詫異的眼神望著律師，唯有審判長認真地點點頭。

這名審判長，真的接受那樣的說詞嗎？旁聽席再次譁然。然而，譁然的群眾在聽到審判長接下來的話後，又重新恢復安靜。

「既然是右手犯的罪，那麼被告本身的確不需要負責。本庭接受你的論點。那麼我在此宣判，對被告的右手處以兩年又兩天的有期徒刑。另外，被告可選擇陪同其右手一起服刑，或是只留下右手單獨服刑。本庭讓被告自由選擇！」

聽到這充滿機智的判決，法庭上的人們紛紛笑了起來。是要切掉右手，還是要入獄服刑，答案用膝蓋想也知道。本以為這個律師的手腕有多出色，原來不過爾爾罷了。面對律師的詭辯，審判長沒有自亂陣腳，反而以彼之矛攻彼之盾。

在場的眾人紛紛對律師投以嘲弄的眼神。但就在這時，大家看到律師臉上的表情，突然感到不對勁。因為律師的嘴角竟帶著深深的笑容，彷彿自己打贏了這場官司一樣。

「審判長，非常感謝。我們尊重您的判決。」

律師說完後，輕輕拍了一下被告的肩膀。結果下一瞬間，所有人都不禁倒吸了一口氣，睜大眼睛。只見在律師的催促下，男人取下了自己的右手。那不是真正的手。他的右手原來是義肢。

「那麼，我們選擇讓這隻右手單獨服刑。」

說完，在目瞪口呆的審判長、陪審團、旁聽席的民眾注視下，擁有出色手腕的男人留下一隻右手，與律師一同走出了法庭。

原著：西洋小品故事　改編：麻希一樹

03
02
01

充滿危險的森林

從前從前，某個小村莊內，有個名叫貝爾納的男人。貝爾納是個有點懶惰的人。每天隨便做完農事後，他都會在日落之前到酒館喝酒，與朋友們天南地北地閒聊，直到打烊為止。儘管學問不怎樣，但唯有在玩樂時，他的腦筋總是動得很快。

所以，理所當然地，村子裡的人都不怎麼尊敬他，甚至還有些瞧不起他。

隨著秋意漸濃，又到了收割的季節。

對這個貧窮小村的居民來說，秋天的豐年祭是一年之中可以盡情吃喝、一起唱歌跳舞，最令人期待的一天。

每到這一天，村民們都會到大城裡，採購村裡平時難以入手的奢侈品，像是節慶用的裝飾品和做蛋糕甜點用的砂糖等等。

這筆錢會由村民們共同合出，再由一名代表帶著錢進城採買。採買的工作由大家輪流，而今年則輪到貝爾納。

雖然只是去買東西，但這件工作卻一點也不輕鬆。因為城鎮離村子非常遙遠。在那個沒有汽車也沒有電車的年代，進城的唯一工具就只有雙腳。

而且從村子到城裡，必須穿過一座很大的森林。

那座森林在白天也十分昏暗，還棲息著如野狼等危險的野獸，即使是成人也必須非常小心。不僅如此，傳說森林的附近還有山賊出沒。

山賊是專門攔截通行的旅人，奪取他們的錢財和衣物的人。其實就是強盜。

然後，村民們籌好了錢，到了進城採買的那天。

由於這個時節的氣候已變得有些寒冷，因此貝爾納穿上大衣，並把裝著錢的布袋收在大衣內側的口袋。手裡還拄著跟鄰居老爺爺借來的木杖。在森林的險峻小道上，拐杖是不可或缺的東西。而且，緊急時刻還可充當武器防身。

於是，貝爾納背負著全村的期待與不安，進入了森林。黑暗的森林中氣氛詭譎。四周不時傳來鳥類和野獸的叫聲。

貝爾納小心翼翼地前進，就在大約走完一半路程的時候。

突然，林木間跳出一名從未見過的陌生男人，擋在貝爾納的面前。

「把錢交出來！」

是山賊。陌生男人頭戴著帽子，臉上長滿鬍鬚，看起來十分凶惡。

不僅如此，他的手裡還握著一把手槍，槍口指著貝爾納。

貝爾納嚇得兩腿發軟，差點跌坐在地，但還是勉強站穩腳步，握緊手中的拐杖。

「我、我沒錢……」

他勉強擠出聲音。

「少說謊了！哪有人會在豐年祭的時候，不帶半毛錢就到城裡去！」

「……可惡！」

貝爾納揮動手裡的拐杖。但山賊毫不猶豫地扣住扳機，指著貝爾納的腦袋。

嚇破膽的貝爾納連忙丟下拐杖。

「要錢還是要命，你自己選吧。」

貝爾納開始思索。

「別拖拖拉拉的！」

「我、我知道了。雖然這筆錢也很重要，但生命才是最寶貴的。」

貝爾納把錢袋遞給山賊。山賊見了得意地笑了笑，伸手就要拿錢——但是，貝爾納卻突然把手縮了回去。

「幹、幹什麼？」

山賊重新舉起槍。

「嘖，因為擔心沒臉面對村子裡的人，所以又反悔了嗎？我可不管那麼多！不想乖乖交出來的話，我就殺了你。」

山賊再次將槍口對準貝爾納，貝爾納急忙大叫。

「不是的！」

這次換貝爾納露出笑容。那是貝爾納想到鬼點子時的表情。

「我是要你付我運費。」

「運費？」

「要不是我到這座黑暗的森林來，你根本不可能拿到這筆錢。換句話說，是我替你把這筆錢送來的。」

「總覺得好像有點道理，又好像有點怪怪的。」

「我先提醒你，要是我再有點正義感的話，肯定會不惜性命也要保護這筆錢。那樣一來，就算我打不過你，你也不可能全身而退。可是我卻沒有那麼做。所以說，就算我收一點錢當成運費，應該也不為過吧？」

山賊愣住了。

「雖然我也沒什麼資格說別人，但你還真是個沒骨氣的傢伙。算了。就分你一枚銀幣吧。」

「太小氣了吧……」

貝爾納一邊嘟囔著，一邊從袋子裡拿出一枚銀幣，然後把剩下的錢遞給山賊。

「那我走啦！」

但山賊拿過錢袋，正想轉身走人時，貝爾納再次叫住他。

「等等！」

山賊一臉不耐煩地轉回頭。

「這次又怎麼了？」

「就算我告訴村子裡的大家，我被山賊搶劫了，大家也一定不會相信我。他們一定會認為是我私吞了錢。畢竟，我在村子裡向來沒什麼信用嘛。」

「實際上你的確私吞了一枚銀幣啊。」

貝爾納聳聳肩。

「所以說，能不能再幫我一個忙啊？」

說著，貝爾納脫下大衣，對著山賊攤開大衣，就像鬥牛士對公牛攤開紅布巾一樣。

「麻煩你，用你的手槍在這件大衣上打出一個洞。這樣一來，我就能證明自己真的遇到山賊了！」

「真是個囉嗦的傢伙。我才沒那個閒工夫！」

這時，貝爾納突然用手摸著下巴，露出彷彿想到什麼似的表情。

「哼哼，我知道了，難不成你的那把是玩具槍，根本沒有子彈。」

「什麼，居然敢小看我！」

砰！

山賊一氣之下，隨手就開了一槍。子彈打在貝爾納的腳邊。

「哦哦！什麼嘛，槍法真爛欸。目標在這裡啦！」

這下山賊真的被惹火了。因為他一向對自己的槍法很有自信。

「打中就行了吧！」

「放馬過來！」

貝爾納舉好大衣，然後山賊又開了第二槍。

砰！

子彈貫穿了大衣。

「對，就是這樣！原來你挺厲害的嘛。」

「哼！」

於是山賊又開了第三槍。

砰！

子彈正中大衣的中央。

「漂亮！不過這樣還不夠。我得說服大家，我是被一大群凶惡的山賊襲擊，好不容易才逃過一劫的。」

然後山賊又再次舉起手槍。

——然而，沒有槍聲響起。相反地，只有空空的扣扳機的聲音。

「怎麼了？」

山賊一臉傷腦筋的模樣。

「沒子彈了。其實我只剩三發子彈而已。」

「是喔，那就這樣吧，你可以走了。」

聽完，山賊轉身準備離去，但就在那瞬間。

「沒子彈的話，手槍就是廢鐵啦！」

貝爾納迅速撿起拐杖，衝向山賊的背後，對準他的後腦勺全力一揮。

也不知道是幸運還是不幸，山賊當場暈了過去，但似乎沒有死。

「這可是大家重要的錢，誰會乖乖交給你啊！」

貝爾納取回錢袋，然後把剛剛拿出來的那枚銀幣放回去，再把不省人事的山賊綁到樹幹上後，一口氣跑出了森林。

抵達城鎮後，貝爾納第一時間向警察通報了山賊的事。

山賊馬上被逮捕，貝爾納也順利買到了豐年祭要用的東西。

回到村子時，貝爾納打倒山賊、守住錢的傳聞，早已傳回了村子。貝爾納受到英雄式的歡迎。

在豐年祭上，貝爾納像國王一樣坐在轎子上被大家抬起，有些村民甚至推舉貝爾納擔任下任村長。

在那之後，貝爾納又回到了從前每天在田裡偷懶，然後泡在酒館裡的生活。村民們也很快就忘記了貝爾納的英勇事蹟。換言之，貝爾納還是跟往常一樣，過著悠閒自在的日子。

原著：西洋小品故事　改編：桑畑絹子

老人的智慧

在某個村莊，住著一個名叫克勞斯，以及一個名叫施密特的男人。兩人的年紀相差甚遠，幾乎可當祖孫，但年老的克勞斯一點也不喜歡年輕人，而年輕的施密特也從不知何謂敬老尊賢。兩人在鎮上各自經營著一間超市，是商場上的敵手。

為了比對方搶到更多客人，兩人經常祭出折扣，殺價競爭。從雞蛋、肉類、糖果點心，乃至各種生活用品，幾乎所有種類的商品都打過折，最近，兩人的主戰場轉移到了蔬菜上。

整個事件的經過，起於施密特找到了一條可以低價買到蔬菜的新通路。成功跟鄰近農家打好關係的施密特，祭出了十顆新鮮番茄一美金的價格。然後隔天早上，克勞斯也在自己的店前祭出相同的價格。不甘示弱的施密特隨後又祭出十美分的折扣，於是，克勞斯也跟著把番茄價格調降為九十美分。

不只是番茄而已。只要施密特的一條小黃瓜賣十美分，隔天克勞斯的店頭也會擺出相同價格的小黃瓜。而若是施密特降價，克勞斯也一定跟著降價。就這樣，兩人的蔬菜愈賣愈便宜。

鎮上的居民，對於兩人競相降價，自然是拍手叫好。而且，甚至還有人表示「如果每天都能吃到這麼便宜的蔬菜，就算要我改吃素也無妨」。

在鎮民們的搧風點火之下，施密特像上癮似地天天打折。然而，即使沒有他們的鼓動，施密特大概還是會這麼做。施密特對克勞斯的敵視，就是這麼地強烈。在克勞斯舉手投降、自己勝利之前，施密特絕對不會放棄。

另一方面，施密特十分瞧不起克勞斯，相信「克勞斯那老頭，肯定馬上就會放棄了吧」。因為施密特認為，「那個老頭子沒有付出任何努力，只是盲目地競價而已」。

然而，令人驚訝的是，克勞斯卻沒有在這場殺價競爭中屈服。只要施密特把茄子的價格調成五十美分，他也一定會用相同的價格販售。就這樣，施密特一次又一次地調降價格，包含茄子在內，所有蔬菜的價格都殺到了成本價之下。這樣根本賺不了錢了。再繼續殺價下去，每賣出一把蔬菜，自己就註定賠錢。

直到虧損達到一萬美金時，施密特終於把心一橫，做了某個決定。那天，他提前關了店，來到克勞斯的店裡。

「喂，老頭。我看咱們別再繼續爭了吧？到頭來，像這樣繼續爭下去，我們兩個不但賺不到半毛錢，還賣得愈多賠得愈多。你不覺得這實在太愚蠢了嗎？」

克勞斯肯定也只是硬著頭皮在逞強，只要自己先屈服的話，他肯定也會停止這場競爭。然而，出乎施密特的預料，克勞斯卻一臉遊刃有餘地搖搖頭。

「你要退出殺價競爭是你的自由，但我可沒有虧損半毛錢喔。」

「少騙人了！我都賺不到錢了，用同樣價格競爭的你怎麼可能沒有賠錢！」

「受不了，最近的年輕人疑心病真重呢。我看，只是你進貨還不夠努力，才談不到好的價格吧？與其懷疑別人，不如先檢討一下自己吧。」

克勞斯酸溜溜地聳聳肩，留下一句「我還有工作要做，先走一步了。你也回去好好努力，別讓人家再說最近的年輕人總是沒有毅力，像顆爛草莓」後，便消失在店後。

施密特獨自一人，對於眼前的「不解之謎」，忍不住歪頭沉思起來。自己現在所交易的農家，幾乎都是用破天荒的價格把蔬菜賣給自己的。附近明明已經找不到更便宜的貨源了，為什麼克勞斯卻不會虧損呢？還是說其實有虧損，只是不想在競爭對手面前示弱，才故意打腫臉充胖子呢？

雖然很想馬上當面問個清楚，但是施密特無法忍受對那個瞧不起人的臭老頭低聲下氣。更重要的是，他不想再被那個老頭子說教了。一想到克勞斯跟蔬菜價格的事，施密特便不由得升起一股無名火，跺著腳步回到了自己的店。

隔天，施密特帶著濃濃的黑眼圈來到自己的店。一想到克勞斯的嘴臉，他便怎樣也睡不著，但在店內還是不得不轉換心情，招呼客人。

看到施密特一臉憔悴地賣蔬菜的模樣，平時總是在施密特的店裡採購大量蔬菜的常客，不禁驚訝地上前關心。

「喂，施密特，你沒事吧？看你一副病懨懨的模樣，是身體不舒服嗎？還是說有什麼煩惱的事嗎？」

「啊啊，其實……」

身心俱疲的施密特，把昨天的經過告訴了那個客人。反正，不論告訴誰，大概都沒人解得開這個謎題。但沒想到，聽完整件事的經過後，那位客人竟然笑著說「什麼嘛，原來是這麼回事啊」。

「你說你想不通為什麼老頭子明明跟你用一樣的價格賣蔬菜，卻不會賠錢？答案很簡單啊。因為，老頭子擺在店裡的蔬菜，都是我在你的店買下之後，用同樣的價錢賣給他的。所以就算不賺錢，也不會賠錢啊。」

聽完客人的話，施密特摀著臉仰天長嘆。

那天之後，鎮上的居民再也買不到便宜的蔬菜，餐桌上的沙拉和炒青菜的量也隨之減少了。

原著：西洋小品故事　改編：麻希一樹

日文版工作人員
裝幀　小酒井祥悟（Siun）
插畫　usi
編輯・構成　桃戸ハル
編輯協力　高木直子、木野整一

Gofungo ni igai na ketsumatsu_Aoi Mystery
©Gakken
First published in Japan 2013
by Gakken Plus Co., Ltd., Tokyo
Traditional Chinese translation rights arranged with
Gakken Plus Co., Ltd.

5分鐘後的意外結局

—藍色推理—

2019年12月1日初版第一刷發行

編著　Gakken
譯者　陳識中
副主編　陳正芳
美術編輯　黃瀞瑢
發行人　南部裕
發行所　台灣東販股份有限公司
<地址>台北市南京東路4段130號2F-1
<電話>(02)2577-8878
<傳真>(02)2577-8896
<網址>http://www.tohan.com.tw
郵撥帳號　1405049-4
法律顧問　蕭雄淋律師
總經銷　聯合發行股份有限公司
<電話>(02)2917-8022

TOHAN

國家圖書館出版品預行編目資料

5分鐘後的意外結局：藍色推理 / Gakken編著；陳識中譯. -- 初版. -- 臺北市：臺灣東販, 2019.12
184面；14.7×21公分
ISBN 978-986-511-175-5(平裝)

861.57　　108017674